suhrkamp taschenbuch 2330

Erzähl vom Ungeheuer, bittet das Kind am Abend den Vater. Zum ersten Mal sind Vater und Sohn allein unterwegs. Die Mama hat geschäftlich zu tun, Gott sei Dank; denn Quint, ihr Mann, Radiosprecher in Goethes Geburtsstadt, macht keine Erholungsreise. Er sucht das Mädchen, das ein Jahr lang auf Julian aufgepaßt hatte und über Nacht verschwand. Helen wohnte zuletzt in Tunis, in einem kleinen Hotel in der Medina, sie ließ dort ein Heft zurück; Vater und Kind beziehen ihr Zimmer. Es folgen sechs sich überstürzende Tage, vielleicht sind es auch sieben – Quint verliert das Gefühl für die Zeit. Während Julian, mit geübter Stimme, vom Ungeheuer erzählt, dringt das Ungeheuere in seine Welt.

»*Der Sandmann* ist ein Werk der Reife, in dem 1001 Nacht- und Gutenachtgeschichten auf gekonnt liebevoll-heimtückische Weise zu einem Labyrinth aus Wörtern verwoben werden, daß man gar nicht weiß, welche man zuerst zitieren soll.« *Walter Vogl, Die Presse Wien*

»Was die Verführungskraft einer Stimme bewirken kann, wie Sprache als Medium erotischer Kommunikation eingesetzt werden kann – hier wird es vorgeführt. Bodo Kirchhoffs Stärke ist nach wie vor die erotische Prosa, mit der er die deutschprachige Gegenwartsliteratur bereichert.« *Roland Mischke, Frankfurter Rundschau*

Bodo Kirchhoff, geboren 1948 in Hamburg, lebt in Frankfurt am Main. Das Theaterstück *Das Kind oder Die Vernichtung von Neuseeland* war die erste Arbeit des Autors, sie erschien 1979. Es folgten die Novelle *Ohne Eifer, ohne Zorn* und der Band *Body-Building. Erzählung, Schauspiel, Essay.* 1981 erschienen die Erzählungen *Die Einsamkeit der Haut* und das Schauspiel *Wer sich liebt.* Bodo Kirchhoff unternahm längere Reisen. Aus den Reiseerfahrungen entwickelten sich der Roman *Zwiefalten*, 1983, und 1984 *Die mexikanische Novelle.* 1985 erschienen die Geschichten *Dame und Schwein*, 1987 *Ferne Frauen.* 1990 erlebte Kirchhoff mit dem Roman *Infanta* einen überwältigenden Erfolg bei Publikum und Kritik. 1992 erschien der Roman *Der Sandmann* und 1993 die Novelle *Gegen die Laufrichtung.* 1994 veröffentlichte der Autor seine Somalia-Notizen *Herrenmenschlichkeit* und den Monolog *Der Ansager einer Stripteasenummer gibt nicht auf.*

Bodo Kirchhoff
Der Sandmann

Roman

Suhrkamp

Umschlagmotiv: Bodo Kirchhoff

suhrkamp taschenbuch 2330
Erste Auflage 1994

Druck: Ebner Ulm
Printed in Germany
Umschlag nach Entwürfen von
Willy Fleckhaus und Rolf Staudt

1 2 3 4 5 6 – 99 98 97 96 95 94

»O daß mein Sinn ein Abgrund wär«

Für Claudius

I

Ein erster Mord, das ist der Augenblick, in dem die Welt zerbricht durch eine einzige Bewegung, den Ruck, der das Opfer vom Dach stößt. Das ist das blutgetränkte Haar auf einem Kopf, in dem jedes Wissen erlischt, das ist der Täter, der nicht zum Tier wird; am Tier vorbei fällt er ins Bodenlose. Das war der Fall, der auf mich zukam.

*

Ich hatte das Glück, einen angenehmen Beruf auszuüben, der mir noch dazu etwas Wohlstand verschaffte, Radiosprecher in Goethes Geburtsstadt; ich hatte auch das Glück einer geräumigen Wohnung, Altbau mit Südbalkon, in günstiger Lage; doch vor allem wurde mir das Glück eines gesunden Sohnes zuteil, auf den, als er noch nicht reden konnte, abends oft eine Abiturientin aufpaßte. Und damals hätte ich sogar noch einmal mit der Liebe in Berührung kommen können, weil meine Frau an Trennung dachte. Damals, das hieß während des osteuropäischen Umbruchs, der mich als Sprecher der Nachrichten täglich beschäftigte – seitdem ist es Herbst und Winter geworden, Frühling und Sommer, und ich war angebunden in der Stadt am Main, die bis vor kurzem in der Mitte Deutschlands lag. Der erste Jahrestag der neuen Einheit fiel dann in meine Urlaubszeit – ich mag den letzten Atemzug des Sommers, wenn schon ein anderer Wind weht, selbst im Süden.

In diesem Oktober flog ich nach Tunis. Neben mir, am Fenster, saß Julian, er schlief. Julian war klein, rundbäckig, hell. Alles an ihm schien mir hell, sein Haar, seine Stimme, die Haut, besonders natürlich sein Verstand; doch selbst seine braunen Augen blitzten hell auf, wenn er lachte. Aber nun schlief er ja, worüber ich froh war. Julian schwitzte im Schlaf. Auf seiner Nase glänzten Tröpfchen, mit einer Ansichtskarte fächelte ich Luft hinüber; ohne diese Karte – sie hatte mich Ende September erreicht – wären wir zwei nie verreist. Auf ihrer Rückseite stand folgendes: »Du irrst Dich nicht, das ist meine Schrift, ich lebe. Tunis ist angenehm, in der Medina gibt es kleine Hotels mit viel Ruhe. Was macht Julian? Wie geht es Christine? Wie geht es Dir? Hoffen wir das Beste, Helen.«

Längst konnte ich ihre Wort aufsagen wie einen Vers. Helen hatte sie mit Bleistift geschrieben, bei dem Wort Ruhe war ihr offenbar die Spitze gebrochen. Ich beugte mich an Julian vorbei und sah aus dem Fenster. Noch immer das Meer, blau und gekräuselt; über Elba war er eingeschlafen. Wange auf der Schulter, Hände im Schoß, so saß er da und schnaufte. Die Stewardessen ließen ihn kaum aus den Augen. Sobald Julian schlief, kam seine sanfte Macht zum Vorschein. Auch Helen hatte diese Macht gespürt. Oft war sie wie gebannt an Julians Bett gesessen, wenn Christine und ich von einem Konzert oder Essen heimkehrten; erst das Geld, das ich ihr gab, brachte sie wieder zu sich. Helen erschien zwei- bis dreimal in der Woche. Sie trank und rauchte nicht, und nie trafen wir sie vor dem Fernseher an. Christine hatte sie eingestellt, sie mochte Helen. Genaugenommen mochte sie, daß Helen sie mochte, was ich wiederum gar nicht mochte; im übrigen beängstigten mich ihre Scheidungsgedanken, denn ich war an Christine gewöhnt. Außerdem bewunderte ich ihren Verstand. Sie übersetzte schwierige Bücher und hatte dafür schon Preise bekommen; zur Zeit besuchte sie einen russischen Autor. Bei ihrer Rückkehr würde sie eine Nachricht finden: Bin mit dem Kleinen in Tunis, rufe dich an! Und das dürfte sie überraschen, denn es war meine erste Reise mit Julian. Als das Flugzeug zur Landung ansetzte, weckte ich ihn. »Schau, da, die Wüste«, rief ich und zeigte auf ein Ödland längs der Piste. Julian nahm meine Hand. Er fragte nach Kamelen, und ich erzählte ihm, die Kamele seien unterwegs. Natürlich glaubte er das; mir nicht zu glauben war auch kein Kinderspiel bei meiner Stimme.

Die Fahrt ins Zentrum zog sich hin. Tausende waren an diesem Oktobertag auf die Straße gegangen und verlangten Rückkehr zu alten Gesetzen. Die Menschen rannten durcheinander, wer stehenblieb, wurde mitgerissen; ein Gewirr aus braunen Kutten und weißen Gewändern in einer Sonne, die immer noch brannte. Da ich dem Fahrer nur Medina! gesagt hatte, hielt er vor einem wuchtigen Tor, hinter dem die Altstadt begann. Sofort kamen Händler und Bettler zum Wagen, und ich wollte schon in ein besseres Viertel ausweichen, da fiel mir Helens Karte wieder ein, diese Spur von Nachdruck auf dem Wort Ruhe.

Julian im Arm und in der Hand einen für die Gegend zu vornehmen Koffer, betrat ich also die

Medina von Tunis, ohne das geringste Interesse für Leben und Treiben um uns herum; während mich Julian am Haar zog, Zeichen dafür, daß er Christine entbehrte, hielt ich nach Hotelschildern Ausschau. Und so sicher ich mir dann bei einem Dutzend kleiner und kleinster Herbergen war, vor der falschen Adresse zu stehen, so sicher war ich mir, am Ziel zu sein, als ich an einem schmalen Gebäude mit trocknender Wäsche auf dem Dach die Schrift petit hôtel de la tranquillité las.

Wenig später führte mich die Besitzerin, eine auffallend hellhäutige Frau mit einem schönen Gesicht voller Fältchen, in das Zimmer, das Helen bis vor kurzem bewohnt hatte. Denn vorletzte Woche, sagte die hellhäutige Frau, sei Helen plötzlich verschwunden, ohne ihr Depot im Safe aufzulösen. »Hier, am Fenster, Monsieur, hat sie immer gesessen, wenn ich ihr grünen Tee gebracht habe.« Sie nahm Helens Sitzhaltung ein, als gelte es, ein Verbrechen zu rekonstruieren, und nannte bei der Gelegenheit einen Namen, der mir zu klangvoll war, um echt zu sein. Madame Melrose. Ich stellte mich darauf als Helens Onkel vor und das, offenbar, überzeugend; die Besitzerin des Kleinen Hotels zur Ruhe bot mir Einsicht in Helens Depot an.

Kaum waren wir wieder unten, bat sie jedoch gleich um die Pässe und verglich besonders Julian mit dem Lichtbild. Dann erst schloß sie den Safe auf und entnahm ihm ein hölzernes Kästchen. Es war flach und schwarz und hatte ein Schlüsselloch zwischen arabischen Zeichen; es paßte zu Helen. Madame Melrose übergab mir den Schlüssel, und ich öffnete es, während Julian erwachte. Ein Heft aus billigem Karton lag darin, auf dem Etikett Helens Initialen, darunter, in Druckbuchstaben, eine Art Titel. Mein Jahr mit Quint. Ich erschrak, wie jemand, der auf seine Akte stößt; Madame Melrose hielt ihre Hand auf, bis ich den Schlüssel hineingelegt hatte. »Lauter mit Maschine geschriebene Blätter«, sagte sie und tat dann, was sie tun mußte. Sie schloß das Kästchen mit dem Heft, schob es in den Safe zurück und schloß danach auch diesen.

»Angenehme Tage, Monsieur. Sie können hier grünen Tee bekommen. Aber auch frische Milch.« Die letzten Worte hatte sie mit Blick auf Julian gesagt, der mich am Haar zog. Jeder Weg zu Helens Heft führte über diese Frau, soviel schien sicher.

II

In dieser Nacht schlief ich zum ersten Mal an Julians Seite. Gegen Morgen weckte mich sein Schnaufen, und ich erschrak über die kleine Gestalt neben mir – als sei Christine geschrumpft. Voller Unruhe stand ich auf, um mich an Helens Platz zu setzen. Der Boden knackte unter meinen Schritten; seit langem hatte ich kein so billiges Hotel mehr bewohnt.

Das Zimmer enthielt nur das Nötigste: Bett, Schrank, Tisch und Stuhl, ein Waschbecken mit Spiegel, eine Ablage mit Lampe. Erstaunlicherweise stand aber ein Telefon zur Verfügung. Ich beugte mich aus dem Fenster. Schwarze Rinnsale flossen über die Gasse, Geruch von Gerbsäure und schwelendem Abfall lag in der Luft. Was hatte Helen hier gehalten? Vielleicht die mütterliche Art von Madame Melrose. Wann traf man schon eine Mutter; irgend etwas an dieser hellhäutigen Frau mit ihren echten Fältchen und dem unechten Namen sprach sogar mich an – überraschende Tatsache, denn Christine war zehn Jahre jünger als ich, und Helen könnte meine Tochter sein.

Julian streckte sich, ich eilte zu ihm. Aus der Altstadt drang jetzt schon Lärm, und auch das Kleine Hotel zur Ruhe erwachte zum Leben; Helens Heft fiel mir ein. Wenn es wirklich mit Maschine geschriebene Seiten enthielt, war es zum Lesen bestimmt. Ich streichelte Julians Schulter, ich blies in sein zausiges Haar. Langsam drehte er sich zu mir.

»Wenn Christine da wäre, das wäre schön.«

»Aber sie ist nicht da. Willst du Milch?«

»Nicht von dir.«

Er sagte das in einem Ton, der nicht verletzend war, ich fragte, ob er Heimweh habe.

»Könnte sein.«

»Und wo tut es weh?«

Julian faßte sich an den Bauch, ich holte aus meiner Reiseapotheke ein Pflaster. Von Anfang an hatte ich seine Kümmernisse auf diese Weise behandelt; kaum war die wehe Stelle versorgt, schien Christine vergessen. Julian suchte mein Haar. »Erzähl vom Ungeheuer«, bat er, und ich erzählte von dem Wesen, das nur wir beide kannten – in jeder Gestalt konnte es überall auftauchen, nie war es endgültig besiegt. Ich ließ das Ungeheuer nach Tunis fliegen, wo es auf einem Dach landete. Dort machte es sich breit und begann die Simse zu fressen. Auf einmal unterbrach mich Julian. »Wenn du mehr Haare hättest, das wäre schön.«

Ich gab ihm recht; wir standen auf.

Unser Tag verlief anstrengend und endete spät. Schon beim ersten Gang durch die verzweigten Systeme der Souks verlangte Julian, im Gedränge der Käufer und Händler getragen zu werden, und so trug ich ihn, in Gedanken bei Helen, auf meinen Schultern. Vermutlich war sie noch in Tunis, am ehesten in der Altstadt, und wäre dort kaum zu erkennen. Helen zählte für mich zu den Frauen, die im Ausland zum Chamäleon werden, gleich ein paar Worte können, rasch Sitten und Gebräuche übernehmen, ja Tempo und Tonfall wechseln. Julian kniff mich in die Backe. »Steigen wir da mal hinauf und schmeißen einen Flieger hinunter...« Er zeigte auf ein Minarett, das weiß aus dem Gewirr der Dächer ragte, ich erklärte ihm dessen Bedeutung. Sie verbiete jedes Besteigen. Natürlich wollte er trotzdem hinauf, und ich lenkte ihn ab. Ich ging durch den Basar der Fleischer, ich sagte ihm, wir würden auf unser Hotel steigen und von dort einen Papierflieger starten; der Gestank der Innereien trieb mich weiter. Während ich noch Versprechungen machte, kamen wir in die Gegend der Wasserpfeifenraucher. Dort gefiel es Julian, und wir setzten uns vor eins der Cafés.

Die Raucher hockten auf Stühlen, die mir wie Kinderstühle erschienen, dicht nebeneinander, doch jeder für sich, ganz mit der murmelnden Pfeife beschäftigt. Die Stühlchen standen entlang der Fassade, die Teil eines mit Planen vor der Sonne geschützten Souks war. In den Geschäften sah man nur Stoffe, in mattem Blau und blassem Rosa; die Händler sprachen in drahtlose Telefone, was ein schönes, schiefes Bild ergab. Der Wirt des Cafés fragte nach unseren Wünschen, und Julian wollte unbedingt Milch; um so heftiger wollte er sie, je öfter ich einwandte, man bekomme hier keine. Als er sich schon am Boden wälzte und Raucher von ihren Pfeifen aufsahen, bat ich den Wirt, mir eines jener märchenhaften Geräte zu bringen, denen die einheimischen Männer sich hingaben, und Julian beruhigte sich. Er betastete die Pfeife wie ein Lebewesen, während ich, ohne jedes Ergebnis, am Mundstück saugte. Meine Hilflosigkeit war so umfassend, daß der Stuhlnachbar einsprang. Wortlos stopfte er einen an verklebte Rosinen erinnernden Tabak in das Silberkrönchen auf dem Flaschenkopf, schob dann, mit Hilfe einer Zange, einen nur fingerhutgroßen glühenden Scheit dazu und fächelte mit einer kleinen steifen Fahne, bevor er zu saugen begann. Mit wahrer Hingabe betrieb er dieses Anheizen des Tabaks, wobei in der Flasche das Wasser aufschäumte. Endlich reichte er mir den Schlauch, und ich zog einen kühl zu Kopf steigenden Rauch ein. Julian schaute mir zu und wollte dann ebenfalls rauchen, er wollte seine eigene Pfeife, mir blieb nur das letzte Ablenkungsmittel. Ich sagte, ich hätte das Ungeheuer gesehen, und sofort brachen wir auf.

Wir gingen bergan und mußten durch ein Menschengedränge vor der Großen Moschee. Der Rauch hatte mich etwas benommen gemacht, ich ließ mich von der Menge schieben. Mit beiden Händen hielt ich Julians Arm. Immer wieder fragte er nach dem Ungeheuer, immer wieder sagte ich, es sei ganz in der Nähe. Wir suchten es noch in einem Museum, wir suchten es sogar in einem Lokal. Dort aßen wir gleich und einigten uns, daß es für heute verschwunden sei. Mit einem Taxi kehrten wir schließlich zurück zum Hotel. Madame Melrose öffnete uns, als hätte sie auf diesen Augenblick gewartet, machte aber nur eine leise Bemerkung – Männer, die ohne Frau mit einem Kind verreisten, seien mutig.

Ich hatte mich nie für mutig gehalten, ich war es auch nicht. Ich war vernünftig. Auch wenn ich nicht genau wußte, worin diese Vernünftigkeit lag (vielleicht in einem Schuß Feigheit?), fühlte ich mich doch durchdrungen von ihr, so wie man sich gesund oder krank fühlt. Neben Julian liegend, wartete ich die Dunkelheit ab. Ich hoffte, er würde einschlafen, und ich könnte meinen Gedanken nachhängen, doch brachte er das Ungeheuer wieder ins Spiel. Wie nah es uns gekommen sei, welche Größe es gehabt habe, wann und wo es überhaupt schlafe... Ich gab ausweichende Antworten, und er bestand darauf, noch einmal durch die Altstadt zu gehen.

Viele Läden waren jetzt schon geschlossen, die Seitengassen lagen im Dunkeln; wer um diese Zeit unterwegs war, lief dicht an den Häusern, er lief zwischen Hunden und Katzen. Einer fernen Brandung ähnlich drangen Gebete aus den Moscheen, und wieder einmal bedauerte ich meine völlige Freiheit im Hinblick auf Gott; zur Not mußte ich mich selbst für Gott halten und unerschütterlich an mich glauben.

Da die Medina stetig anstieg, glaubte ich zum Beispiel, das Hotel mühelos wiederzufinden: Man müßte nur dem Gefälle folgen. Ein schwacher Lichtschein ließ mich dann in eine Gasse ohne Pflaster schwenken, und bald kam ich mit Julian an einer Bierschenke vorbei, in der zahllose Männer, durch Gitter vom Gehsteig getrennt, wie Eingekerkerte tranken. Ich ging etwas schneller – einer Musik entgegen, wie ich sie liebe –, und noch im Schein der Schenke sah ich plötzlich einen jungen Mann an meiner Seite. Er hielt sich ein Taschenradio ans Ohr, ein Radio, das nicht größer war als sein Kopf. Nie zuvor hatte ich eine solche Entstellung gesehen, ich hätte sie nicht einmal für möglich gehalten. Er hatte den Kopf eines Äffchens; nur die Musik ließ mich den Anblick ertragen. Der Kleinköpfige hörte Dvořák, das Konzert für Cello und Orchester in h-Moll. Auch Julian erkannte das Stück, denn es gehörte zu Christines Sonntagsritual. »Frühstück« rief er, und ich bedeckte seine Augen. Dann versuchte ich zu entkommen, doch mein Begleiter blieb, etwas nach vorn geneigt wie ein Huhn, mit weit ausgreifenden Schritten an meiner Seite, bis er mich in einen Nebenweg schubste und eilig verschwand.

Ich folgte diesem Gäßchen und kam bald in eine Art Hohlweg. Zigarettenkippen und Spucke bedeckten den Boden. Schon nach wenigen Schritten machte der Weg einen Knick, und ich stieß auf einen Eierverkäufer. Er verkaufte ein Ei nach dem anderen, als herrsche Not in der Stadt; jedem Kunden köpfte er mit einer flinken Bewegung das erworbene Ei, worauf dieser es, den Kopf zurückwerfend und die Augen nach oben verdrehend, mit einem Zug schlürfte. Das alles sah ich in einem Licht, das aus offenen Türen fiel, Türen, vor denen sich Männer stauten, lautlos wie Motten. Ich war im Hurenwinkel der Medina; so gut es ging, verbarg ich Julian unter meiner Jacke. »Schlaf«, sagte ich und achtete wieder darauf, daß er nichts sah.

Neben den Türen saßen alte Frauen, sie trugen Brillen und rauchten. Männer, die sich vorwagten, führten mit ihnen leise Gespräche. Wer eingelassen wurde, spähte zunächst an einer Treppe empor, die in den ersten Stock der Häuschen führte; auf den oberen Stufen schien man irgend etwas zu sehen, das einen bewog hinaufzusteigen oder kehrtzumachen. Erklomm ein Mann die Treppe, hob unter den Wartenden vor der Tür für Sekunden ein Murmeln an, ehe alle weiterzogen, als wollten sie einen Bruder im Begehren nicht stören. Auch ich und Julian zogen weiter. Eine namenlose Verzweigung der Gasse, enger und schäbiger noch als diese, beschloß den Bezirk. An ihrem Ende saß ein Invalide, der Bonbons und Klosettpapier anbot. Ich fragte ihn nach dem petit hôtel de la tranquillité, und er wies mir die Richtung.

Wenig später stand ich vor dem Haus von Madame Melrose, als sei ich nur im Kreis gelaufen. Ich kam ungesehen nach oben, und Julian erinnerte an mein Versprechen, mit ihm aufs Dach zu steigen. Ich sah, daß er bereit war zu weinen, notfalls zu schreien, und ging mit ihm einen Stock höher. Dort suchte ich den Weg zum Dach; es gab drei Türen, zwei trugen Zimmernummern. Ich öffnete die dritte und stieß auf eine Treppe. Julian im Arm, stieg ich nach oben. Auf halber Höhe hörte ich ein scharfes doppeltes Lachen, ohne jeden Grund, wie mir schien, beruhend höchstens auf weit zurückliegender Ursache. Es kam aus einem der unteren Zimmer, und ich eilte mich jetzt, das Dach zu erreichen. Die Treppe endete an einer Blechtür. Ich trat sie auf, ich lief ins Freie.

Bleich und matt hingen Laken und Handtücher an den Schnüren, die quer über das Dach gespannt waren. Julian ging sofort zum Rand. Ein nur fußhoher Sims begrenzte das Dach, ich rief, »Geh nicht weiter.« Und wie eine Möglichkeit meiner selbst blieb er dann, dicht vor der Kante, stehen und schaute hinunter. Ich ergriff seinen Arm, ich beugte mich an ihm vorbei. Unten verlief keine Gasse, nur ein Gang, von dem Uringeruch aufstieg. Ich sah einen Abtritt in der Tiefe und zwei Männer. Sie streichelten sich. »Wir wollen sie nicht erschrecken«, sagte ich und nahm Julian beiseite. Dann fragte ich, warum er mir davongelaufen sei. Er umschlang meine Beine. »Ich wollte zu Christine fliegen.«

»Aber das geht nicht.«

»Wenn du mir einen Flieger machst, geht es.«

»Ich hab kein Papier. Also geht es nicht.«

»Blöder Quint.«

Ich zog Julian am Ohr. Ich wollte, daß er Papa sagte, wenigstens Blöder Papa, aber dieses Wort läßt sich nicht mehr beibringen, wenn es einmal versäumt wurde. »Wir machen morgen einen Flieger.« Julian boxte mich, und ich versprach ihm für den nächsten Tag alle erdenklichen Modelle. Ich redete, bis er mir glaubte; nichts fiel mir leichter als solche Vertröstungen. Meine Stimme war wie geschaffen dafür.

III

Den nächsten Tag verbrachten wir also auf dem Hoteldach. Es ging ein sachter Wind, der Himmel war wolkenlos, ideales Flugwetter; die Seiten eines Restaurant-Führers, den Julian in der Tischlade gefunden hatte, dienten uns als Papier. Ich faltete daraus die drei beliebtesten Modelle meiner Schulzeit, Doppeldecker, Jäger und Schwalbe, und hatte bald die Hälfte der Seiten verbraucht – keiner der Flieger, die wir vom Rande des Dachs starten ließen, erfüllte Julians Erwartung. Entweder trug sie der Wind auf benachbarte Dächer, oder sie stürzten ab und gingen im Gewühl der Passanten und Händler verloren. Madame Melrose, Tropfen von Milch an ihrer Bluse, erlöste mich schließlich.

Sie brachte Julian ein Fläschchen, mir einen Liegestuhl: Falls ich ein Sonnenbad nehmen wolle. Dann hängte sie ihre Wäsche ab, wobei sie Konversation machte. Sie sprach über Sehenswürdigkeiten der Stadt und kam dabei auch auf Helen, als könne man auch Helen besichtigen. Meine schöne

Nichte habe sich nämlich gern hier oben gesonnt. »In einem Badeanzug, Monsieur.« Ehe sie mit Betttüchern beladen wieder nach unten ging, spielte sie noch eine Karte aus. Außer mir und dem Kind gebe es nur einen weiteren Gast, ebenfalls Deutscher, nach eigenen Angaben im Exil. Doktor Branzger. Sie sprach diesen Namen ohne Akzent, so daß ich annehmen mußte, jener Deutsche im Exil – ein Wort, das mir verlogen vorkam, wie ein Toupet – habe ihr die korrekte Aussprache förmlich souffliert, was mich erst recht darauf brachte, in ihm keinen Verstoßenen oder Verfolgten zu sehen, sondern eine Art Simulant, zu dem die jähe Lache paßte.

Julian drängte zum Weiterspielen, und ich faltete Flieger, die nach kurzem Flug in der Tiefe des Durchgangs zwischen Hotel und Nebenhaus verschwanden. Je öfter ich versagte, desto weiter rückte die andere Bemerkung von Madame Melrose in mein Bewußtsein. Helen habe in einem Badeanzug hier oben gesessen. Mir ging durch den Kopf, daß ich Helen nie nackt gesehen hatte, also im Ganzen unbekleidet vor mir stehend (oder liegend), und letzten Endes wog dies schwerer als der Umstand, daß es nicht zu dem gekommen war, was jeder unparteiische Beobachter von uns erwartet hätte. Oder ist es nicht seltsam, wenn man alles von einem Menschen weiß, aber noch nie seinen Bauch gesehen hat?

Ich war noch immer auf der Suche nach dem richtigen Kniff beim Falten der Flieger, als die Tür, die zum Dach führte, aufging und ein Mann auf mich zukam. Ich wich ein wenig zurück, daran kann ich mich sicher erinnern; der erste Anblick eines Menschen wird ja im nachhinein oft überschätzt. Sofort stand für mich aber fest, um wen es sich handelte.

Dr. Branzger, kaum älter als ich, jedoch dem Alter schon halb hingegeben, trug einen schweren, an Winterfeldzüge erinnernden Mantel; noch während er sich mit Titel und Namen vorstellte, machte er einige Schritte, wohl um zu beweisen, daß der Mantel, trotz Schwüle, kein Spaß war, und ging dabei, ohne erkennbaren Grund, an einem hirtenstabartigen Stock. Wie beliebig er diesen Stock einsetzen konnte, zeigte sich allerdings erst, als er damit eins meiner verstreuten Fliegerwracks aufspießte; zur Betrachtung der kleinen Trophäe ließ er sich in dem Liegestuhl nieder. Dr. Branzger riet mir zu Landekläppchen und breiterem Bug, er sprach über Thermik und Saint-Exupéry. Bestimmt war es dieser Vortrag, der mir sein Gesicht – ein eigenartig beschädigtes Gesicht, in dem, genaugenommen, nichts zerstört war – von Anfang an hochmütig erscheinen ließ. Dazu kam, daß er nach jedem Satz die Stockspitze auf den Boden stieß und während seiner Rede aus einem winzigen Etui zwei Pastillen zog, von der er mir eine, vergebens, anbot, worauf er beide lutschte. Dazu kam aber auch, daß Julian längst vor dem Liegestuhl kniete und alles, was Dr. Branzger mit dem Fliegerwrack anstellte – zuerst schien es so, als wolle er nur meinen laienhaften Faltplan bloßlegen –, regungslos verfolgte.

Der Ruf des Muezzin bot endlich die Gelegenheit, Julian und mich bekannt zu machen; anschließend gelang mir sogar ein kleines Verhör – vorsichtig befragt, antwortete Dr. Branzger, als mittelloser Exilant zähle er zu den letzten Vertretern einer in Europa aussterbenden Gattung... Zum Beweis drehte er seine Manteltaschen um, aus denen es Flusen rieselte, und da kam mir die Idee, daß Madame Melrose sich, vielleicht bereit zum Ruin, ihre Gäste sorgfältig wählte: einen Habenichts im Exil; einen Mann mit Kind; und natürlich Helen in all ihrer Jugend. Ich sah noch auf die umgestülpten Manteltaschen, als Dr. Branzger, mit einer feinen Schärfe im Ton, die mir als Sprecher freilich nicht entgehen konnte, Sie also sind Helens Onkel sagte. Ohne getrunken zu haben, möchte er behaupten: das eigensinnigste Mädchen der Welt. »Ich sitze übrigens in ihrem Stuhl.«

»Sonnen Sie sich auch hier oben?«

»Meine Haut verträgt keine Sonne.«

Er schob eine Hand unter den Mantelaufschlag, und während er sich am Rücken kratzte, kam er auf ein Gefängnis im Osten zu sprechen, als es den Osten noch gegeben habe. Seine Haut sei dort ihres natürlichen Schutzes beraubt worden. Außerdem habe er die törichtste aller Gefängnismoden mitgemacht. »Ich ließ mich tätowieren.« Da er nicht weitersprach, erkundigte ich mich nach dem Motiv, und er schloß kurz die Augen. »Ein Schiff mit acht Segeln, wenn Sie verstehen. Brecht. Ich lag mit Mördern und Intellektuellen zusammen.«

Nach dieser Bemerkung erhob er sich und ließ den Flieger starten, den er aus dem Papier meines Unglücksmodells, wie nebenbei, gefaltet hatte. Lautlos schwebte er über dem Mauerspalt mit dem Pissoir in der Tiefe, tauchte dann in den Luftraum über der Gasse vor dem Hotel, wo er erst sank und, nach bangen Sekunden des Stillstands, wieder emporgetragen wurde, bevor er in einer abwärtsführenden Schleife genau zum Ausgangspunkt, der Hand seines Konstrukteurs, zurückkehrte. Julians Jubel war grenzenlos. »Das ist unser Albatros«, rief Dr. Branzger, und ich sah, wie sich das Wort in mein Kind grub.

Julian und ich aßen dann in einem Lokal am Rande der Altstadt zu Abend, einem Lokal mit Tischdekken, Weinkarte und anderen Touristen (die mich nicht störten, denn sie waren wie ich), und sprachen über Flugzeugbau. Dr. Branzger erwähnten wir mit keiner Silbe, er saß gewissermaßen bei uns. Nach dem Essen fragte Julian plötzlich, wie gut das Ungeheuer fliegen könne, und ich erzählte ihm auf dem Weg zum Hotel von zwei Versuchen, welche fehlgeschlagen seien; das letzte Stück trug ich ihn. Als ich ins Zimmer trat, schlief er.

Ich ging mit ihm ans Fenster. Über den Nadeln der Minarette stand der Mond, groß, gelb und rund, zum Platzen. Etwas Wind wehte, und in Abständen strich ein bitterer Laubgeruch ins Zimmer; ich hielt Julian in die Nachtluft, ich wiegte ihn.

Noch konnte ich ihn so halten und wiegen, bald würde er dafür zu mächtig. Zum ersten Mal sah ich Julian entwachsen. Ich sah ihn als Jüngling, aufgeschossen und grell, ich sah ihn als Mann, schroff und gesund. So deutlich stand es mir vor Augen, wie er mich später, lustlos, empfing und am Ende gar mied, ohne die leiseste Erinnerung an unsere Reise, daß ich ihn nicht mehr halten wollte. Ich hatte ihn gerade ins Bett gelegt und war mich waschen gegangen, als es klopfte.

IV

Es war das sachte, aber dreimalige Klopfen eines Menschen, der den Einlaß tatsächlich begehrte, und für einen Augenblick dachte ich, es wäre besser gewesen, ich hätte dieses Klopfen, etwa beim Zähneputzen, überhört, doch da lief ich schon vom Waschbecken zur Tür und machte sie, ohne zu fragen, wer mich um diese Zeit sehen wolle, auf. Und war dann auch keineswegs überrascht, als nicht etwa Helen, sonnenverbrannt, sondern Madame Melrose, ein Tuch um die Schultern, mir ruhig entgegenblickte. Ihrem nahen Gesicht entströmte ein Geruch, von dem ich inzwischen vermute, daß er dem Geruch stillender Mütter ähnelte, jenem Dunst aus feuchter Haut, warmer Wäsche und Haar, wie ihn jeder einmal eingeatmet hat; dem Geruch des Glücks.

Ohne ein Wort der Erklärung ging sie zum Bett und beugte sich über Julian, um mit einer knappen Schulterbewegung – der einer Schauspielerin, die sich über ihren Part als Geliebte amüsiert – das

Tuch abzuwerfen. Sie rollte Julian darin ein, sie hob ihn hoch und wiegte ihn; aus ihrem rasch gewundenen, nur für ein Bad bestimmten Knoten im Haar lösten sich dabei einzelne Haare. Wie ein Gewebe fielen sie ihr in den Nacken, und es kostete mich Kraft, diesen Nacken nicht zu berühren. Sie ging zur Tür. »Wenn Ihre Müdigkeit nicht zu groß ist, begleiten Sie mich.« Madame Melrose ließ mir noch Zeit, meine Verfassung zu prüfen, ehe sie die Treppe nach oben nahm und den Flur durchschritt, hinter dessen Wänden wohl Dr. Branzger wohnte. Am Ende des Flurs öffnete sie eine Tür, die mir zuvor gar nicht aufgefallen war. Ohne sich umzuschauen, betrat sie einen weiteren Flur, niedriger und länger als der erste, und ging geräuschlos vor mir her; ab und zu streifte sie die Wand, wie träge Katzen es tun. Unerwartet blieb sie stehen und zog einen Vorhang auf. »Hier lebe ich, Monsieur.«

Ihr Reich bestand aus einem einzigen Raum. Madame Melrose legte Julian auf ein Bett, das die Hälfte des Raumes einnahm. Zu beiden Seiten des Bettes reihten sich Kommoden und zierliche Tische, Teewagen und Truhen, auf denen, dicht gedrängt, Fotografien aufgestellt waren. Ich konnte die Motive nicht erkennen, denn es brannte nur ein einziges Licht, ein Lämpchen auf einer Konsole. Darum gruppiert: zwei Fauteuils und eine Wasserpfeife. »Setzen wir uns und rauchen«, sagte Madame Melrose, ihren vom Tragen noch beschleunigten Atem in eine leise Melodie umwandelnd, das Leitmotiv aus Dvořáks Cello-Konzert.

»Oder lieber erst einen Tee?«

Sie wartete meine Antwort nicht ab, sie holte Kanne und Gläser, Löffel und Zucker. Durch ein Ungeschick (oder Absicht?) entglitt ihr einer der Löffel; ich bückte mich und bemerkte erst jetzt einen abgewetzten roten Läufer mit Messingleisten, wie er in österreichischen Hotels üblich ist. Er führte von der Tür bis zum Bett. Madame Melrose nahm mir den Löffel aus der Hand. Ob es mir bei ihr gefalle. Sie fragte das in der unbesorgten Art eines Mannes, worauf ich, um die Rede von uns wegzuführen, von Helen sprach. Helen und ich hätten denselben Geschmack, also könne es mir bei ihr nur gefallen. Darauf machte Madame Melrose noch eine Lampe an, und ich erwähnte das Heft, in das ich gern einen Blick werfen würde. Sie äußerte sich dazu nicht, spekulierte aber mit mir über den Inhalt; während der ganzen Teestunde blieben wir dann bei Helen.

Auch Madame Melrose war der Ansicht, Helen halte sich noch in der Stadt auf. Einmal in der Woche habe sie nämlich tagsüber Besuch gehabt, von einem Einheimischen. Monsieur Mahbaba, übrigens schwarz. Vielleicht wohne sie inzwischen bei ihm. Außerdem sei sie erst vorige Woche mit Dr. Branzger essen gegangen und habe versprochen, dies in Zukunft öfter zu tun. Ich wollte Näheres über den Schwarzen erfahren, aber Julian stöhnte plötzlich im Schlaf, und ich schloß seinen Kopf in die Arme; dabei fiel mein Blick auf den Nachttisch, auf ein kleines Bild, das Madame Melrose, etwa im Alter von zwanzig, noch fern ihrer Blüte, allenfalls hübsch, in Begleitung zweier Herren mit Hüten vor der Stechpalmenkulisse von Los Angeles zeigte. Ich überlegte noch, wie es zu diesem Schnappschuß gekommen sein mochte, da stillte sie schon, vom Französischen ins Englische wechselnd, meine Neugier.

Die Besitzerin des Kleinen Hotels zur Ruhe hatte einen amerikanischen Vater (was sie mit Helen verband) und eine französische Mutter. Sie war in New Orleans aufgewachsen und versuchte nach dem College alles, um ein Filmstar zu werden. Hollywood neunzehnhundertsechzig. Ihr erster

Schritt: der Gang zu einem Zahnarzt in der Melrose Avenue, was gleich den zweiten nach sich zog – und mit neuen Zähnen und neuem Namen ausgestattet, wagte sie den dritten Schritt, der auch ihr letzter war. Sie sprach einen berühmten Produzenten in einem berühmten Lokal an und erklärte ihm, in einem Jahr sei sie berühmter als er. Darauf war sie einen Tag lang tatsächlich berühmt und landete am nächsten auf der Straße. Sie schlug sich nach Hause durch, platzte dort in eine Keilerei der Eltern und reiste bald danach mit ihrer Mutter in deren alte Heimat; noch auf der Überfahrt verliebte sie sich in einen Napoleonverehrer mit arabischem Namen, der sich als Hotelier ausgab. Sie wurde Madame Haddouch und zog nach Tunis. Nach dem Tod ihres Mannes – ein Autounfall – übernahm sie das Hotel Bonaparte, taufte es um und nannte sich wieder Melrose. »Der einzige Name, der je an mir hängenblieb«, schloß sie ihre Geschichte (in der es zwei Lücken gab, wie ich später erfuhr).

Madame Melrose erhob sich und schenkte mir Tee nach. Sie trug ein Kleid im Ton der Minzeblätter, aus dem der Ansatz ihrer Brüste hervorsah, Brüste von durchscheinender Blässe mit einem Netz feinster Adern. Nachdem sie sich wieder gesetzt hatte, schlug sie ein Bein über das andere. Fast unsichtbare, seifige Schatten bildeten sich entlang der Waden, Schatten, wie Zeichner sie mit weichem Stift auf weichem Papier erzielen, um Jugend oder Unschuld anzudeuten. Ich wandte den Blick von ihr und erschrak, als sie mir eine Hand auf den Arm legte. »Wollen wir jetzt rauchen?«

Wieder wartete sie meine Antwort nicht ab, sondern begann mit den Vorbereitungen. Sie traf sie mit einer Ruhe und Geschicklichkeit, die auf der Stelle den Wunsch in mir weckte, selbst Gegenstand einer solchen Inbetriebnahme zu sein. Ich schaute auf die Wasserblasen, ich hörte auf das leise Gurgeln, und auf einmal drückte mir Madame Melrose, den bläulichen Flaschenleib zwischen ihren Knien, mit einer schnellen kriegerischen Zärtlichkeit die Hand um das Mundstück. Alles weitere hätte sich dann wohl aus dieser Geste ergeben, wenn Julian nicht, vermutlich durch den Rauch gereizt, aufgewacht wäre. Ich hob ihn aus dem Bett und verneigte mich vor meiner Gastgeberin, ich küßte ihre Handschale. »Bonne nuit, Madame.« Nur mit den Spitzen zweier Finger, die sie unter mein Kinn schob, richtete sie mir den Kopf auf.

»Sagen Sie in Zukunft Melrose zu mir.«

Mit wahren Gymnasiastengefühlen, also von Vorahnungen eines Abgrunds beflügelt, machte ich mich auf den Rückweg zum Zimmer, Julian wie ein Lamm über den Schultern; er schlief bereits wieder und wachte auch nicht auf, als mir durch eine der Türen im oberen Flur, gefolgt von der Lache, zwei Worte geradezu den Weg verstellten: Armes Deutschland. Ich blieb stehen und legte ein Ohr an die Tür. Die Lache klang weniger laut als beim ersten Mal, sie klang fast gedämpft, ja melodiös, wie eine unerforschte, in jedem schlummernde Sprache, die den anderen, auch durch Türen hindurch, in ein Gespräch zieht.

»Warum sagten Sie Armes Deutschland?«

»Eine Redensart. Seit ich im Gefängnis war. Ich war der erste im Osten, der etwas an eine Hauswand geschrieben hat. Lange vor der Erfindung der Sprühdose. Ich verhöhnte das System.«

»Dieses System ist überwunden; warum sind Sie im Exil?«

»Aus Prinzip. Deutschland hatte stets Exilanten. So eine Tradition gibt man nicht einfach auf. Ich halte sie am Leben; Ihre Nichte hatte Verständnis dafür.«

»Ich hörte, Sie waren mit ihr essen.«

»Wir hatten Cous-Cous. Und unterhielten uns.«

»Sprach sie über ihre letzte Zeit in Deutschland?«

»Sie erzählte mir, daß sie über diese Zeit etwas schreibe, und ich bot meinen Rat an.«

»Schreiben Sie auch?«

»Wer schreibt nicht im Exil?«

»Und ließ sich Helen beraten?«

»Sie lachte mich aus. Gute Nacht. Gott beschütze Sie und Ihr lästiges Männchen; ich mag den Kleinen.«

Darauf konnte ich nichs mehr erwidern, ich konnte nur, auf Zehenspitzen, weitergehen.

Hellwach kam ich tief in der Nacht in das Zimmer, das Helen so lange bewohnt hatte. Ich brachte Julian ins Bett und beneidete ihn um seinen Schlaf. Meine Welt war in den letzten Tagen zu lebendig geworden, machtvoller als der Schlaf; was konnte es Schlimmeres geben? Ich trat ans Fenster. Ein warmer Wind bewegte das Laub und ganze Zeitungsseiten über die Gasse. Dann sah ich eine Gestalt. Sie trug ein langes Gewand mit Kapuze und schwankte ein wenig. Und obwohl Helen nicht trank und folglich nie schwankte, dachte ich so heftig, sie schwanke dort unten vorbei, daß sie mir nicht mehr aus dem Kopf ging. Ich legte mich neben Julian und fand keine Ruhe.

Helen war außerordentlich. Sie besaß an die hundert Vorzüge, dazu kam ihre Sturheit. Alles Begonnene führte sie auch zu Ende. Wie ihre Mutter, hatte mir Mr. Henderson, der Vater von Helen, nach dem plötzlichen Verschwinden seiner Tochter gesagt, genauso deutsch. Er war amerikanischer Konsulatsangestellter mit den Allüren eines Botschafters, ein Patriot, der nicht darüber hinwegkam, von einer deutschen Frau nach deutschem Recht geschieden worden zu sein. Am liebsten hätte er Helen auf eine Fahndungsliste gesetzt. Er wußte nicht das geringste über sie. Aber das war sein Glück. Helen trotzte sämtlichen bekannten Drogen einschließlich der Liebe; hätte sie dazu noch an Gott geglaubt, wäre um sie ein Kloster entstanden. Doch sie glaubte allein an die Wahrheit, an eine Welt ohne Lüge; der mir fremdeste Teil meines Ichs hatte mit ihr seine Wahl getroffen, in jeder Hinsicht. Am Anfang konnte ich kaum den Blick von ihr nehmen. Ich verlor mich in Helens Gesicht und könnte es nie beschreiben. Oder fände nur Worte, die eher zu einem Gemälde paßten, Ruhende mit Kinozeitschrift, wo doch Helen, wenn sie zum Beispiel neben mir herging, noch das Schlenkernde eines Mädchens hatte.

Ich drehte mich zur Wand und schloß die Augen. Einschlafen ist Geduldssache, Kinder und alte Leute haben es am schwersten damit; ich wußte nicht, zu welcher Gruppe ich zählte. Ich wollte es auch nicht wissen und vor allem nicht darüber nachdenken. Ich stand noch einmal auf und trat ans Waschbecken (die Toilette lag am Ende des Flurs), meine Gedanken gingen zu Christine. Sie hatte es immer verabscheut, wenn ich früher, als wir noch billige Hotels bezogen, ins Waschbecken urinierte, und haßte mich nach wie vor für diese unabänderliche Überlegenheit, sich über den Topf zu erheben. Und doch hing ich an ihr; auch Christine war außerordentlich. Sie hatte an die hundert Nachteile, an die ich jedoch längst gewöhnt war, wenn nicht sogar Abhängigkeit von ihnen bestand. So war sie ein wenig größer als ich und reizte mich obendrein durch hohe Frisuren, andererseits betrachtete man uns als stattliches Paar. Sie war aber auch etwas gebildeter als ich, doch das ersparte mir die Rolle des alleinigen Ernährers. Ein weiterer, in unser Leben eingefügter Nachteil war ihre negative

Einstellung zu jeder Art von Hausfrauentum, die es mir wiederum möglich machte, wenn ich etwa kochte, meine gute Seite zu zeigen, und ihr, wenn sie mir zum Beispiel ein Hemd wusch, mich zu überraschen. Christine, das hieß an etwas würgen, das im nächsten Moment auf der Zunge zerging, das hieß getrennte Betten oder Schlamm, Verzicht oder Inzest.

Mit diesem letzten Gedanken oder Bild muß ich dann eingeschlafen sein, denn soweit ich mich erinnere, träumte mir von der langanhaltenden Klage, welche Christine und ich vor dem Höhepunkt unserer Inzeste ausstießen, einem Ventil der Lust, aber auch des Jammers über diesen aufgeweichten Weg der Versöhnung, das sich, wenn alles überstanden war, sofort wieder schloß, bis auf einen unvermeidlichen Rest, unseren gemeinsamen jagenden Atem, einer eher bedauerlichen Verbundenheit, die darin lag, daß wir beide Berufe im Sitzen ausübten und unsere Herzen wild schlugen nach so viel Bewegung, bis sich ihr jüngeres doch rascher beruhigte und ich allein war mit meinem Keuchen; ein abgeschlagener Läufer, der sich die Seiten hält, so ging ich ins Bad – auch davon träumte mir, aber später, in der ganzen Strenge eines Morgentraums, ich in der Wanne, nackt, ein Irrer, den eigenen Namen vor sich hinsprechend, damit er nicht die Stimme verliere, seinen einzigen Trumpf; immer wieder hörte ich mich Quint sagen, Quint, und hörte es am Ende wirklich.

Zweifellos erwachte ich davon, daß Julian meinen Namen rief. Ich rieb mir die Augen, ich drehte mich um. Julian zeigte zur Tür. Halb auf der Schwelle, durch den Spalt geschoben, lag Helens Heft.

V

Die folgende Geschichte ist wahr; sie ist so wahr wie die Erzählung eines Traums, der nie geträumt wurde. Ich schreibe im Bett, das erleichtert den Anfang. Hinter dem Vorhang steht das Fenster offen, noch ist Sommer. Seit Ausbruch der Hitze schlafe ich mittags, eine Gewohnheit, die ein Jahr zu spät kommt. Denn der Mensch, um den es hier geht – zufällig ein Mann, der eine dunkle, weiche Stimme besaß –, dieser Mann also, dessen Name Quint ist, und ich trafen uns meist um die Mittagszeit, wenn mir eher danach war, für eine Weile die Augen zu schließen. Aber wie ein Kind wollte ich in diesen zwölf Monaten nie auf meine Müdigkeit hören, und dabei ist es überwältigend, mittags zu schlafen – heute, zwischen eins und halb drei, endlich wieder ein Traum, der sozusagen vorzeigbar wäre. Dies und alles weitere erzähle ich vollkommen offen. Die Worte auf dem Blatt vor mir verbergen nichts als meinen Körper. Ich schreibe, um weniger bloß dazustehen.

Das Jahr mit Quint begann am achten November, zwei Monate nachdem seine Frau Christine mich eingestellt hatte. Quint kam früher von einem Essen zurück als sie, er hatte am anderen Morgen Dienst und wollte ins Bett. Aber während er mir in den Mantel half, fragte er plötzlich, ob ich nicht noch einen Augenblick bleiben wolle. Ich war zu überrascht, um Nein zu sagen, und so sagte ich gar nichs, was für Quint immer Ja hieß. Wir standen dann im Flur und sprachen über Deutschland. Bei diesem Abendessen sei ständig von Wiedervereinigung geredet worden, sagte Quint; allein schon dieses undankbare Wort, das er in letzter Zeit immer öfter und in Zukunft wohl täglich aussprechen müsse ... Das ging noch eine Weile so weiter, und dabei hätte ich viel lieber etwas über Christine gehört, die ich bewunderte. Sie konnte Russisch, war groß und betrat so gut wie nie ihre Küche. Schließlich wollte ich nur noch gehen, und da legte Quint mit einem kleinen kalendarischen Schwindel den Keim für unsere Verbindung. Er sah auf seine Uhr und erklärte, er habe seit eben Geburtstag, womit er sich um einen Tag älter machte. Daraufhin blieb ich natürlich. Wir stießen auf sein Wohl an, und ich fragte ihn, was er sich im neuen Lebensjahr wünsche. Ohne zu zögern antwortete er, Das Glück, und zum ersten Mal umfing mich seine Stimme. Klug, wie er war, fügte er nichts mehr hinzu, sondern bestellte ein Taxi und brachte mich vor die Tür. Diese Viertelstunde hätte jedoch kaum etwas nach sich gezogen, wäre uns nicht, zwischen Haus und Straße, Christine begegnet. Sie begrüßte mich freudig, und ich dachte sofort, sie vergesse Quints Geburtstag darüber; erst als er sagte, Helen sprach noch mit mir über die Schule, und mich dabei ansah, begriff ich den Schwindel. Christine fragte dann nach Julian, und ich erfand ein Vorkommnis: Wie Julian, während ich ihn wusch, mit einer einzigen Bewegung sämtliche Tuben und Döschen von der Ablage gefegt habe. Bis das Taxi kam, standen wir zusammen und lachten. Als Quint mir die Wagentür aufhielt, waren er und ich Komplizen.

Das war an einem Mittwoch, genauer gesagt bereits am Donnerstag, also am neunten November, und damit am Beginn jener Ereignisse, die ein knappes Jahr später zu einer nationalen Nacht mit Glocken, Reden und Feuerwerk führten, in der mich Christine bei einer ebenso überflüssigen Lüge ertappte. In den folgenden Wochen brauchte sie mich nur nachmittags. Viel lieber paßte ich am Abend auf Julian auf, wenn ich in der Wohnung bleiben konnte. Ich haßte die öffentlichen Anlagen mit ihren untröstlichen Müttern; nie wollte ich zu diesen Frauen gehören, wenn ich überhaupt heiraten würde. Am letzten dieser langen Nachmittage erschien Quint auf den Wiesen am Fluß, die ich gerne besuchte. Julian lernte damals gerade das Laufen, und so nahmen wir ihn in die Mitte. Natürlich redeten wir wieder über die unerwartete Revolution und versäumten darüber den Zeitpunkt, auf den Geburtstagsschwindel zurückzukommen. Später erzählte mir Quint, Christine müsse morgen zu einem russischen Autor nach Paris, werde Julian aber mitnehmen, da der russische Autor kinderlieb sei. Und dann fragte er, ob wir uns nicht am nächsten Mittag treffen wollten, bevor er in den Funk gehe. Sein Vorschlag erschien mir, während wir durch Julians Körper verbunden waren, so natürlich, daß ich nur nickte. Am anderen Tag wartete Quint schon auf mich; unser Treffpunkt war und blieb die Zeitschriftenecke in einem Kaufhaus. Ein, zwei Stunden lang liefen wir dann von dort aus ziellos umher, sahen uns Auslagen an und redeten kaum, aber mit jedem Zusammensein vertiefte sich etwas in mir: Immer fühlte ich mich verstanden. Trotzdem dauerte es noch eine Weile, bis Quint und ich zum ersten Mal telefonierten; ich wohnte bei meiner Mutter, besaß aber einen eigenen Anschluß, und eines Abends klingelte es. Ich bin es, sagte er, was machen Sie? Dieser Anruf änderte unser Verhältnis. Abends, am Telefon, erzählten wir uns nun alles, was sich während des Spaziergangs angestaut hatte. Ich liebte diese Gespräche. Sie waren wie ein Beben, das, ohne größeren Schrecken, nur Mobiliar verrückt. Ich überstand damit sogar den ersten Januar, diesen verlorensten aller Tage, und begann das neue Jahr in dem Gefühl, einen neuen Vater zu haben; erst später begriff ich dann, wie heftig dieses töchterliche Sehnen sein konnte, so heftig, daß es – als Liebe? – gleichsam einen Unschuldigen trifft. Quint war wohl ebenso ein Opfer wie ich. Tunis, den zwanzigsten September.

Herbstanfang. Mein Geld geht zu Ende. Monatelang habe ich von Quint mehr bekommen, als mir zustand. Es wäre sicher bequem zu behaupten, er hätte mich auf diese Art zu etwas verpflichtet; wahr ist, daß mich jeder erhöhte Betrag, den ich entgegennahm, töchterlicher machte. Als ich Deutschland verließ, hatte ich dadurch allerdings Geld für ein Jahr, was mir ein gutes Gefühl gab. Aber ich will nicht vorgreifen. Während des ganzen Winters leitete Christine jeden Montag und Donnerstag ein Abendseminar, und so konnten Quint und ich oft zwei Stunden und länger telefonieren. War er an diesen Abenden im Sender, saß ich bei ihm zu Hause, und hatte ich Quint nicht mehr am Telefon, hörte ich ihn kurz darauf die Nachrichten lesen; vielleicht zählt es zum Merkwürdigsten dieses Jahres, daß beinahe jedes Weltgeschehen aus seinem Mund an mir vorbeigegangen ist.

Bis Mitte März sprachen wir über alles, was uns einfiel. Dann schälte sich plötzlich ein Thema heraus, Quints Eheunglück – er und Christine redeten ja kaum miteinander –, und ich sagte ihm, ich wolle durch seine Erzählungen nicht verdorben werden, wie etwa ein Kind verdorben wird, wenn man ihm Bilder der Gewalt zeigt. Quint ging sofort darauf ein; überhaupt war es ihm wichtig, möglichst wenig zwischen uns zu bestimmen, und das schien mir genau das zu sein, was ich an meinem Vater, dessen Nähe mich um Jahre zurückwarf, vermißte. Später begriff ich dann, daß es auch Taktik war.

Statt von seinem Leiden an Christine sprach Quint nun also von den Seiten, die wir beide an ihr schätzten, Seiten, die ihm, in meinen Augen, allen Grund gegeben hätten, vor Stolz auf seine Frau zu platzen. Denn abgesehen davon, daß sie die anspruchsvollere Arbeit machte, konnte Christine ja über häusliche Dinge nicht nur erhaben sein, sondern auch, wenn sie Lust dazu hatte, solche Dinge wie nebenbei verrichten; nirgends habe ich ein besseres Gulasch gegessen als bei ihr, und das zu einem Vortrag über Anna Achmatowa. Doch ich will Christine nicht verklären. Ich mochte sie und mag sie noch immer, was die Frage aufwirft, warum ich mich dann, heimlich, mit ihrem Mann traf. Die Antwort ist einfach: Ich wollte nichts von Quint, was Christine zustand. Erst als unsere täglichen Gespräche schon Teil meines Lebens geworden waren, sah ich ein, daß Christine auch Quints ganze Aufmerksamkeit zustand, von der ich sicher viel abzweigte, und auf einmal war ich in ihrer Schuld.

In der ersten Aprilhälfte wurde die Verbindung zwischen Quint und mir (für die ich kein passendes Wort finde) auf eine Probe gestellt, denn er und Christine lagen plötzlich beide mit Erkältung im Bett. Wir konnten nur noch telefonieren, wenn sich, alle zwei Tage, entweder Quint oder Christine zum Einkaufen aufraffte. Bei diesen kurzen Gesprächen erfuhr ich, daß die zwei die unerfreulichen Apriltage schon seit Jahren im Bett verbrachten oder jedenfalls im Pyjama, im Schutz von Rekonvaleszenzen, die wieder übergingen in leichtere Rückfälle, letztlich eine sich über den ganzen April hinziehende Schwächung, die ihnen das Recht gab, niemanden zu empfangen und jede Einladung auszuschlagen, höchstens am Wochenende ein Konzert zu besuchen und also mich zu rufen. In der zweiten Aprilhälfte traute sich Quint wieder auf die Straße, und wir trafen uns mittags. Unsere Gänge wurden etwas ausgedehnter, was allein am Wetter lag, und ich lernte eine andere Frühjahrsgewohnheit von Quint kennen, seine Wege zum Änderungsschneider. Aber erst nach und nach erkannte ich, daß er diesem Schneider mindestens einmal in der Woche eine Hose oder ein Hemd brachte, einen Anzug oder ein Jackett. Was Quint heute zu weit war, war ihm morgen zu eng, als hätte sein Körper nur eine provisorische Form. Mir kam das ziemlich lächerlich vor, und ich erzählte Quint von Ron, meinem amerikanischen Freund, dem eigentlich jedes Kleidungsstück paßte. Darauf lernte ich, in der letzten Aprilwoche, einen weiteren Zug an ihm kennen, eine Eifersucht, wie sie wohl alle Väter empfinden, wenn die Tochter von einem Jüngeren spricht. Vielleicht spürte er, daß im Grunde nur sein Alter jede Körpernähe zwischen uns ausschloß – warum sollte ich, eine Zwanzigjährige, einen fünfzig Jahre alten Nacken küssen? Quints Falten und weiße Haare erschienen mir nicht besonders begehrenswert, eher wie die Folgen einer Schöpfung, deren Sinn ich nicht verstehen mochte. Was ich an ihm liebte und vielleicht auch begehrte, war seine Stimme.

Anfang Mai kamen wir plötzlich auf meine berufliche Zukunft. In diesem Frühjahr wollte ich noch Ethnologin werden und besaß klare Vorstellungen vom Leben einer solchen Frau. Quint hat mir, gegen besseres Wissen, all diese Vorstellungen gelassen, er hat sogar meinen Traum vom Ethnologendasein weitergesponnen. Und ich ließ mich anstecken von seinen Geschichten, denn ich war jung, viel jünger als heute. Damals stürzte ich mich noch auf alles, Konzerte, Filme, Ausstellungen, ja auf Gerüchte von Konzerten, Filmen, Ausstellungen; und Quint verkörperte mit seiner Stimme auch eine Art Gerücht, das Gerücht von der Freiheit. Kurz vor Pfingsten kam schließlich der Tag, an dem ich ihn liebte. Christine war mit Julian verreist, Quint und ich machten eine Autofahrt. Unterwegs sprachen wir wieder über meine beruflichen Pläne, das heißt, er sprach, und ich sagte dazu, was mir einfiel. Quint erfand eine Geschichte, in der er mich durch den australischen Busch begleitete. Als wir am Abend, in Sydney, auseinandergingen, drückte er auf einmal sein Gesicht in meine Hand, und noch im selben Moment dachte ich: Mehr werden wir nie voneinander wissen.

In den Tagen und Wochen danach lebte ich in einer dauernden gespannten Erwartung. Sie löste sich erst durch einen Verdacht, der mir im Laufe des Juli kam – wie ungern Quint an meiner Stelle wäre. Das leichte Berühren meiner Schulter bei jedem Abschied, dieses verschwiegene Kopfhoch verriet mir, daß Quint mich, im Grunde, bedauerte. Ich teilte ihm diesen Eindruck natürlich nicht mit. Er hätte mir nur zu beweisen versucht, daß ich mich täuschte in meinem Gefühl. Auf jeden Fall wäre ich ihm danach nur noch bedauernswerter erschienen. Alle zaghaften Versuche, Quint über sich selbst, soweit mir das möglich war, aufzuklären, schlugen bloß auf mich selbst zurück, und noch im

Juli stellte ich sie ganz ein. Nach unseren Treffen saß ich oft stundenlang in Cafés und schaute in fremde Gesichter; nichts erschütterte mich damals mehr als der Anblick alter, offenbar einsamer Damen, die nur mit starrem besserwisserischem Lächeln über den Nachmittag kamen, und immer wieder fragte ich Quint, der mich vor diesen Cafés gerne absetzte, ob mir wohl auch ein solches Ende drohe. Noch bis weit in den August zerstreute er meine Befürchtungen. Je älter man wird, sagte er, desto interessanter erscheint man den Leuten. Erst als auf ein Gewitter hin plötzlich der Spätsommer da war, ließ er allmählich durchblicken, daß dies, in der Regel, nur auf Männer zutreffe.

Anfang September besuchten Quint und seine Frau ein Violinkonzert. An diesem Samstag stöberte ich zum ersten Mal in der Wohnung. Ich sah mir Fotos an und Bankauszüge, ich roch an Kissen und Pyjamas, ja inspizierte alle Laken und den Abfalleimer im Bad (schon seit Mitte Mai korrespondierten meine Tage mit denen von Christine). Als ich noch einen Schritt weiterging und Quints Sekretär öffnete, wurde Julian wach und schrie. Ich wollte ihn beruhigen, aber er schrie nur noch lauter, und in meiner Not versuchte ich, wie Christine zu sein. Ich rauschte ins Zimmer wie sie und gebrauchte ihre Koseworte, ich betupfte mich mit ihrer Nachtcreme. Vielleicht war es deren Geruch, vielleicht nur die Ermüdung, jedenfalls legte sich Julians Geschrei; von tiefen Seufzern geschüttelt, saß er schließlich im Bett, in der einen Hand mein Haar, in der anderen sein kleines aufgerichtetes Glied. Bald danach – Julian war gerade wieder eingeschlafen – kamen Quint und Christine zurück, beide festlich gekleidet, beide erschöpft; und beide verbunden durch einen Ausdruck stiller, absoluter Hoffnungslosigkeit.

Zweiundzwanzigster September, mittags. Dieser Sommer scheint nicht zu enden; ich sitze auf dem Dach, im Schatten großer Bettücher, und schreibe. Über Nacht ist mir klargeworden, daß ich noch vor einem Jahr geglaubt hatte, Quints Ehe retten zu müssen. Jedenfalls sah ich mich als rettenden Engel zwischen ihm und Christine, was natürlich Unsinn war. Ich sehe ja auch gar nicht aus wie ein Engel, ich bin viel zu braun. Vorhin sonnte ich mich ohne Oberteil, und plötzlich stand Dr. Branzger vor mir. Er fragte mich, ob ich morgen mit ihm essen gehen wolle, wobei er keinen Augenblick auf meine Brüste sah, obwohl meine Brüste doch auffallen. Mir war das sehr angenehm, und ich sagte ja. Aber zurück zu dem Abend, an dem ich gestöbert hatte. Quint und Christine trafen mich also an wie immer, nämlich an Julians Bett, doch der weitere Ablauf wich vom Gewohnten stark ab. Warum bleibst du nicht noch etwas, sagte Christine, die mich, im Gegensatz zu Quint, nie gesiezt hatte. Es war eine milde Herbstnacht, wir setzten uns auf den Balkon, ich fragte die beiden nach dem Konzert. Christine sprach über die japanische Solistin und über Dvořák, Quint über das Publikum, das ihm zu elegant gewesen sei, und ich nickte zu allen Ansichten, auch wenn ich anderer Meinung war. Erst als Quint verkündete, die Geige sei eben das ideale Instrument für eine Frau, erhob ich Einspruch. Mir, sagte ich, sei der Geigenunterricht noch in furchtbarster Erinnerung, obwohl der Lehrer immer wieder mein Talent hervorgehoben habe, überdies einer, in den ich verliebt gewesen sei – und trotzdem, bis heute, diese Abneigung gegen die Geige. Kaum hatte ich das in dieser oder ähnlicher Weise gesagt, stand Quint ruckartig auf, um ein Taxi zu rufen, damit es nicht zu spät werde für mich, und kaum war er verschwunden, fragte

Christine, ob der Geigenlehrer meine Liebe denn erwidert habe. Er habe sie nichts als ausgenützt, antwortete ich und erwähnte meinen ersten Kuß, den er mir zwischen Tür und Angel verpaßt hatte, ein Greuel für Lippen und Zunge, als hätte ich mir aus Versehen eine Zigarette am Filter angesteckt. Ich redete so offen, wie ich es seit Monaten gewohnt war, und schloß mit den Worten: Das war eine schreckliche Zeit, Quint... Noch während ich mich versprach, sah ich die Katastrophe, die gleich daraus folgte, und als sie nicht eintrat, sondern Christine bloß den Kopf hob, als habe sie im Halbschlaf eine vertraute Silbe gehört, deren Bedeutung ihr verschlossen blieb, wurde mir klar, daß Quint und ich zu weit gegangen waren, so weit, daß Christine es nicht ertrug, etwas darüber zu wissen.

VI

»Erzähl vom Ungeheuer.«

»Jetzt nicht.«

»Aber du mußt.«

»Ich muß das jetzt lesen.«

»Ist das ein Brief?«

»Es ist eine Geschichte.«

»Dann lies sie mir vor.«

»Das geht nicht.«

»Dann erzähl vom Ungeheuer.«

»Jetzt nicht.«

»Aber du mußt!«

Julian sprang mich von hinten an, er wollte mir die Blätter aus den Händen reißen. Ich warf ihn über die Schulter, er fiel in die Kissen und weinte. Die Tränen hüpften ihm geradezu aus den Augen, ich legte das Heft beiseite. »Wenn du mich dann lesen läßt.« Er war einverstanden, und ich begann zu erzählen. Wie immer hatte ich nur einen Anfang; und wie immer sprach ich dann weiter und weiter, ein Lotto der Wörter, während meine Gedanken – bewahrtes Talent aus der Schulzeit – ganz woanders hingingen.

So erzählte ich, daß unser Ungeheuer, nachdem es hier auf einem Dach Platz gefunden hatte, von Nacht zu Nacht fauler wurde. Warum sollte es dauernd die Menschen erschrecken, wo sich die Menschen doch gegenseitig genug erschreckten? Hin und her überlegt habe es und sei zu dem Schluß gekommen, daß es kein Ungeheuer mehr sein wollte. Und schon habe es vor der Frage gestanden, was es sonst noch sein könnte, sagte ich (wie Julian mir später erzählte) und war in Gedanken noch immer bei Helen. Natürlich stellte sie das alles sehr einseitig dar. Mich störte auch das Chronologische; es war nicht einmal vollständig. Silvester neunundachtzig: Fahnen und Sekt, nationales Getöse, das Helen völlig unberührt ließ. Oder nur Anstoß war, von ihrem Freund zu reden. Sie hatte ihn beim Tanzen kennengelernt. Ein Geschäftemacher, jung, dunkel, gesund. Wenn dich die Augen des dunkelsten Tänzers rufen, dann spring, sagte Helen. Wir telefonierten noch während der Nacht, ich stand in einer Zelle. Wenn seine Hände sich um deine Hüften legen, dann laß sie gewähren. Daran hätte sie sich erinnern müssen, daran, wie sehr sie mir wehtat – ein Schmerz, der mich ganz und gar überraschte; ich hatte geglaubt, ich könnte mich nicht mehr verlieben. Und von dieser Überraschung mußte etwas in mir übrig sein, sonst wäre ich nie nach Tunis gereist – auch das beschäftigte mich, während ich von den Qualen des Ungeheuers erzählte; wollte es nämlich aus seiner Haut heraus, durfte es auch nicht mehr die Mengen fressen, die es täglich fraß. Aber sein Hunger war nach wie vor ungeheuerlich, und das hieß, es mußte sich quälen.

»Einen Tag lang«, sagte ich, »tat es das auch, dann machte es sich wieder Gedanken und kam zu dem Ergebnis, daß es etwas finden müßte, was ihm wichtiger wäre als Fressen. Zum Beispiel einen menschlichen Gefährten, dachte es, aber schüttelte gleich den Kopf; noch nie hatte es sich einem Menschen aus der Nähe gezeigt, wie es sich für ein Ungeheuer gehörte. Es gab also keinen Ausweg, und das Ungeheuer wurde traurig. Es weinte ein bißchen, während ihm der Magen knurrte. Bis zum Abend lag es still – wenn ich mich nicht bewege, sagte es sich, brauche ich auch nichts zu fressen. Darüber schlief es ein und träumte. Ihm träumte, es sei ein Vogel, der nur Mücken ißt und alle Kinder erfreut mit seinem Gezwitscher. Aber vor lauter Hunger erwachte es bald wieder und stöhnte. Stöhnend schleppte es sich zu einem der Simse und wollte gerade zu fressen anfangen, da hörte es Schritte. Es richtete sich auf und sah einen Jungen. Er kam quer über das Dach, und noch war Zeit, sich zu verstecken. Doch das Ungeheuer rührte sich nicht. Es duckte sich nur etwas und wartete ab.«

»Wie alt war der Junge?« fragte Julian.

»Er mochte fünf sein, vielleicht aber auch älter. Das Ungeheuer hatte dafür kein Gefühl; es wußte nicht einmal, wie alt es selbst war. Auf jeden Fall erschien er ihm kindlich, denn er hatte eine Papierschwalbe dabei. Das Ungeheuer wagte nicht zu atmen. Es fürchtete, der Junge würde bei seinem Anblick tot umfallen. Aber noch war er mit der Schwalbe beschäftigt. Er faltete daran herum, er wog sie aus und strich sie glatt. Dann warf er sie in die Luft. Die Schwalbe flog zunächst steil in die Höhe und landete, nach einer Schleife, genau vor den Zehen des Ungeheuers. Der Junge lief zu der Stelle. Er hatte nur auf den Flug geachtet und sah die Zehen erst – sie reichten ihm bis zur Schulter –, als er die Schwalbe schon in der Hand hielt, um sie erneut zu werfen. Vorsichtig hob er den Kopf und fiel nicht tot um. Er fragte, Wer bist du denn? Einige Sekunden verstrichen. Man hörte die Vögel auf den Simsen und von weitem den Start eines Flugzeugs. Dann machte das Ungeheuer den Mund auf, um dem Jungen wahrheitsgemäß zu antworten, doch in diesem Moment fühlte es sich schon nicht mehr als Ungeheuer – es fühlte sich wie ein Luftballon, der ein Loch hat, und während es kein Wort herausbrachte, ging der Junge, als sei nichts geschehen, wieder zum Dachrand und warf seine Schwalbe. Sie überschlug sich und flog zu dem Platz, an dem das Ungeheuer eben noch gestanden hatte. Dort schwebte sie dicht über den Boden und schien dann, als sei sie schwerer geworden, für einen Augenblick abzusacken, bevor sie in einer Kurve noch einmal stieg und, ein wenig torkelnd, in die Hand des Jungen zurückkehrte. Der nahm sie mit ins Hotel, und von der Stunde an sprach in der Gegend niemand mehr vom Ungeheuer.«

»Weil es dann tot war?«

»Das wäre möglich.«

»Oder verzaubert«, rief Julian.

»Könnte genausogut sein.«

»Wir wissen es ja nicht.«

»Nein, wir wissen es nicht. Und jetzt laß mich lesen.«

»Nur was ich noch wissen möchte« – Julian stieg auf meine Schultern – »wie hat das Ungeheuer ausgesehen?«

»Daran konnte sich der Junge nicht mehr erinnern.«

»Aber du . . .«

»Mir wurde diese Geschichte auch nur erzählt. Läßt du mich nun weiterlesen?«

»Nein.«

Ich warf Julian ab, er sah auf die Blätter.

»Die Geschichte ist nicht von dir?«

»Und ob sie von mir ist, von wem sollte sie sonst sein?«

Julian schaute mich an.

»Aber was wir doch in jedem Fall hoffen müssen – daß sie auch wahr ist.«

»Sie ist wahr.«

»Dann müssen wir das Ungeheuer suchen.«

»Wenn du mich lesen läßt.«

VII

Mitte September sagte Quint, aus heiterem Himmel, etwa folgendes: Schade, daß ich nicht dein Vater bin; andererseits wäre dann aber auch manches viel schwieriger! Diese Anspielung auf eine Intimität, die wir gar nicht hatten, machte mich wütend, zum ersten Mal wurde ich laut. Was willst du überhaupt von mir? rief ich ins Telefon, und die Wiedergutmachung meines Ausbruchs zog sich bis in die ersten Herbsttage hin. Am Ende ging sie Hand in Hand mit Quints Maßnahmen, mich auf seinen Urlaub Ende September vorzubereiten. Er riet mir, doch in dieser Zeit selbst zu verreisen, zum Beispiel nach Griechenland, wo sich Erholung und Besichtigung verbinden ließen, und bot mir dafür Geld und seine alten Führer an. Aus einem einzigen Grund – in keinem Fall aus Stolz – lehnte ich das Angebot ab: Ich wollte weiterhin mit Quint, der auf Christines Wunsch ins Tessin fuhr, telefonieren. Und diese Spätsommergespräche vertieften dann auch unsere Dinge noch einmal. Sie fanden vormittags statt, wenn Christine ihr Sonnenbad nahm, oder gegen Abend, wenn sie Julian zu Bett brachte. So sprachen wir täglich eine Stunde; Quint hatte nur das Problem, eine freie Zelle und gute Gründe für seine Abwesenheit zu finden. Gelang ihm das mühelos, so war er aufgeräumt und witzig, eben in Urlaubsstimmung, und dieses gesteigerte Lebensgefühl übertrug sich auf mich. Wir lachten viel und machten Pläne, wir unternahmen eine ganze Spanienreise. Von Barcelona kommend, fuhren wir über Toledo nach Andalusien und landeten in Ronda. Dort zogen wir nachts durch die kleinen Lokale und stritten uns, warum im Spanischen das Wort für Stierkampf fehlt. Einen Tag vor Quints Rückkehr hatte ich mit ihm Cadiz erreicht. Abends aßen wir im Freien. Alles war bestens, nur daß Quint an einer Hauswand saß, an der, dicht über seinem Kopf, ein Anschlag mit den Nummern von Gewinnlosen hing; jede Minute beugte sich jemand über ihn, um Zahlen zu vergleichen. Quint konnte das wunderbar schildern. Wir lachten noch darüber, als wir uns Anfang Oktober wiedersahen. Diese Freude an etwas Erfundenem, einem Geschummel, und das wirkliche Leben führten dann anderentags zum Ende.

Am Abend des zweiten Oktober, einem Dienstag, gingen Quint und Christine zu einer Wiedervereinigungsparty bei Freunden, während ich auf Julian aufpaßte. Ich hatte nicht das Gefühl, viel zu versäumen, auch wenn sich Ron gern mit mir das Feuerwerk angesehen hätte (ein Wort zu uns beiden: Wir gingen jede Woche tanzen oder ins Kino, Pläne hatten wir keine). Ausnahmsweise stellte ich an diesem Abend den Fernseher an, und gegen halb zwölf ergriff mich eine Art Silvesterstimmung, mit all meiner Angst vor der Neujahrsleere. Ich weinte vor mich hin und hörte weder die Wohnungstür noch wie Quint ins Zimmer trat. Beide erschraken wir, ich über sein Auftauchen, er über meine Tränen, und sprachen eine Weile kein Wort. Mit den ersten Raketen löste sich unser Schweigen. Quint erzählt mir von der Party, die ihn gelangweilt hatte, bis ich ihm sagte, seine Erzählung sei ebenfalls langweilig. Da kam er auf Cadiz zurück und spann seine Geschichte noch weiter. Ein Mann, der die richtigen Zahlen hatte, lud das ganze Lokal zum Essen ein, und am Schluß tanzten alle Gäste auf der Straße, auch Quint und ich. Es schien mir dann naheliegend, daß er mich fragte, ob wir nicht tanzen wollten, und nach kurzem Hin und Her einigten wir uns auf Paul Anka, Foxtrott, während draußen die Glocken läuteten. Quint war ein guter Tänzer, aber jeder seiner Schritte bewies mir, daß er unendlich viel älter war als ich, vom Tod vielleicht nur noch zwanzig Jahre entfernt; nach einer Weile schloß er auch noch die Augen, und ich spürte, wie unsere Gespräche von Lied zu Lied wertloser wurden. Endlich war die Platte zu Ende, und ich stürzte ohne ein Wort in den Flur, wo ich auf Christine prallte – und alles, was in den folgenden Sekunden passierte, verwickelte sich zu einem furchtbaren Knoten. Christine sah mein erhitztes Gesicht, sie fragte, Was hast du gemacht?, Quint kam hinzu und rief, Nichts, wir haben aus dem Fenster geschaut. Aus dem Fenster? Die sind aber alle zu, rief Christine und sah, wie sich die Platte noch drehte. Ihr Blick ging dann wieder zu mir, und ich begann von Julian zu reden. Der sei aus einem bösen Traum erwacht, eine Stunde lang hätte ich ihn durch die Wohnung getragen. Daraufhin nickte Quint und brachte mich zum Lachen. Ich biß die Zähne zusammen, während Christine mir eine Hand auf den Arm legte. Du versuchst abzulenken, sagte sie, und ich riß meinen Mantel vom Haken.

Nachts. Einvernehmen mit dem Leben, wenn es das gibt. Ich war mit Dr. Branzger essen, Cous-Cous in einem bekannten Lokal, wir teilten die Rechnung. Wohl noch erfüllt von dem, was ich den Tag über geschrieben hatte, gelang es mir, aus einem Gespräch über Deutschland eine Unterhaltung über die Liebe zu machen. Ganz gleichgültig, wieviel eine Person davon versteht, stellte ich fest, geschieht dabei doch immer etwas, das sie nie begreifen wird. Dr. Branzger schien mit dem Thema vertraut. Ja, die Liebe sei und bleibe ein Geheimnis, dem man keine Konkurrenz machen könne, sagte er, ein Geheimnis, das uns, wie jedes bewahrte Geheimnis, Kraft verleihe. Und sie sei sogar, wenn sie sich hinterrücks ereigne, ein Mysterium, ganz im Gegensatz zu ihrer Betrachtung im nachhinein, die alles Geheimnisvolle platzen lasse; kein Tier, nur der Mensch bringe solch zerstörerischen Selbstgenuß fertig. Einer der Gründe, weshalb er Deutschland den Rücken gekehrt habe, sei diese Beseitigung alles Heiligen. Aber in ganz Mitteleuropa müsse man heute wählen zwischen Wahrheit und Brillanz. Und er habe gewählt!

Nach diesem Ausruf beugte er sich über seinen Teller und holte mit einem Zahnstocher alle Rosinen aus dem Cous-Cous. Zu einem Häufchen geschichtet, trat er sie an mich ab und gestand, einem Streit gelauscht zu haben, den ich mit Mahbaba auf dem Hoteldach hatte. Es ging dabei um den wesentlichen Unterschied zwischen Morgenland und Abendland, der – Mahbaba zufolge – darin bestehe, daß dem morgenländischen Denken ein Voltaire, ein Lessing, ein Freud fehle und hier darum ein viel beengteres Leben herrsche; bei uns sei der Körper ein schlenkernder, ein vor Freiheit taumelnder Gegenspieler des Geistes, hier hingegen dessen mitgefangener Bruder. Ich widersprach dieser Auffassung, von der ich annahm, Mahbaba vertrete sie bloß, um mich zu beeindrucken, schimpfte auf die europäische Aufklärung und hielt ihr die Tradition des Gesichtwahrens entgegen, worauf Mahbaba mir vorwarf, dies tue ich nur, um ihn mit geistiger Beweglichkeit zu verblüffen.

Dr. Branzger, den durch die Art, wie er mir nachschenkte oder mich ansah – nie abschätzend –, ein stilles Kavalierstum umgab, schlug sich dann, leider, auf die Seite der Psychologie und sprach von einem Beziehungsstreit, sosehr er diese Sicht bedauere. Natürlich war ich anderer Meinung, doch schon zu müde, um etwas dagegen zu sagen; ich überließ ihm das Feld, und wieder zeigte er sich von seiner altmodischen Seite. Er ritt nicht herum auf dem Thema, sondern machte eine Schleife. Aufklärung und Rückständigkeit, sagte er, Wohlstand und Armut, Mitteleuropa und die übrige Welt: Ob ich schon bemerkt habe, daß die Stadt von Sprungbereiten überquelle? Wer wissen wolle, was auf unsere deutsche Insel der Seligen zukomme, müsse sich nach Afrika begeben, an die Sammelplätze. Und dies gelte besonders für schreibende Menschen, für Künstler – Dr. Branzger hob plötzlich die Stimme –, denn jede Kunst, die zwischen Stockholm und Mailand, Berlin und Madrid entsteht, geht an der Epoche vorbei; sie hat nicht das geringste mit ihr zu tun, selbst wenn alle führenden Blätter pausenlos darüber berichten! Er echauffierte sich so, daß ich die Rechnung verlangte und ihn dann rasch an die Luft führte. Bevor wir uns im Hotelflur verabschiedeten, entschuldigte er sich für sein Benehmen. Zu viele Mißerfolge, sagte er.

Vierundzwanzigster September, vormittags. Man kann in meinem Alter auf die verschiedenste Art zugrunde gehen; Quint schien für mich – unbewußt, das muß ich zugeben – ein Aus-dem-Leben-Scheiden durch Entwurzelung vorgesehen zu haben, auch wenn er stets das Gegenteil beteuerte: daß ich in seiner väterlichen Nähe bleiben solle. Aber ich wußte nun einmal, was in ihm vorging, weil ich seinen Körper beobachtet hatte. Quints Wünsche, mich zu berühren, verdüsterten diesen Körper, je mehr er sie unterdrückte. Sein Körper fiel in sich ein und wurde mit immer neu geänderten Jacken und Hosen verhüllt – wenn ich jetzt daran denke, empfinde ich Mitleid mit Quint; vielleicht ist das der Grund, warum ich ihm heute ein Kärtchen schicke. Er soll wissen, daß ich lebe.

Später am Tag. Gegen Abend kam Mahbaba vorbei. Er erzählte von einem großen Frachter vor der Küste, der angeblich Tausende von Flüchtlingen geladen habe. Nachdem ihm die Hafeneinfahrt verwehrt worden sei, entferne er sich langsam nach Norden... Immer wieder erzählt mir Mahbaba solche Geschichten. Mal erfindet er sie ganz, mal stimmt ein Teil, es kommt aber auch vor, daß sie sich restlos bewahrheiten. Ich kann mich also leicht blamieren, wenn ich ihn auslache, und lächerlich machen, wenn ich ihn zu ernst nehme. In diesem

Fall wechselte ich einfach das Thema. Ich fragte Mahbaba, was er sich von mir erhoffe, denn seit einigen Tagen nennt er mich Freundin. Darauf antwortete er mit der ganzen Arroganz eines Schwarzen: Er ging schweigend auf und ab und das ohne jedes Geräusch, wo unser Boden doch knarrt, sobald ich nur meinen Fuß darauf setze. Aber so ist er, und ich verehre ihn, wie ich Quint nur ein- oder zweimal verehrt habe, als ich im Dunkeln seine Stimme aus dem Radio hörte.

Nachts. Ich hatte schon eine Weile geschlafen, da klopfte es. Dr. Branzger. Er wolle mir nur angenehme Ruhe wünschen. Trotzdem unterhielten wir uns dann durch die Tür; er erzählte von allen möglichen Katastrophen, die gerade in den Nachrichten gemeldet worden seien, und so kamen wir auf Deutschland. Während ich zugab, etwas Heimweh zu haben, schloß Dr. Branzger jede Rückkehr aus. »Denn einem Menschen wie mir schlägt dort heute nur noch ein einziger bitterer Vorwurf entgegen: Jetzt sei gefälligst auch du mit dir eins!« Mit diesen Worten entfernte er sich, und natürlich lag ich anschließend wach.

Ich dachte wieder an den letzten Abend mit Quint, das heißt, ich dachte an Christine. Mit der

Lüge in ihr Gesicht hatte ich meine Unschuld verloren, wie eine Diebin war ich geflohen. Ich floh die Treppe hinunter und rannte, weg aus der Gegend, in der Christine und Quint wohnten, weg aus der Stadt, in der noch immer die Glocken läuteten, weg aus diesem Land mit seinem Himmel voller platzender Raketen, hin zu einem Ort, wo Frauen Schleier trugen, wo niemand ihre Schamröte sah. Ich rannte nach Hause und packte. Wäre meine Mutter nicht nach Berlin gereist, um dort mit ihren Eltern die Vereinigung zu erleben, hätte ich mich vielleicht schlafen gelegt. So aber war ich allein und frei in jeder Beziehung – all das Geld, das mir Quint fast ein Jahr lang zugesteckt hatte, verwahrte ich wie ein Andenken in meinem Schrank. Nun zählte ich es und wurde ruhiger, ich schrieb sogar zwei Briefe. In dem einen tröstete ich meine Mutter, sie werde von mir hören; in dem anderen strafte ich meinen Vater, er dürfe nicht hoffen, mich je wiederzusehen. Dann aß ich ein Brot und legte mich hin; gegen acht verließ ich das Haus. Ich ging zur Hauptstraße, die so unbelebt war, als sei Sonntag, und nahm mir ein Taxi; auch auf der Fahrt zum Flughafen wurde ich an das Besondere dieses Tages erinnert. Im Autoradio lief eine Musiksendung, wie üblich lockerte sie der Sprecher auf durch Geschichten. So sei, erzählte er, an einem dritten Oktober, vor zweiundfünfzig Jahren, der später verunglückte Sänger Eddie Cochran geboren worden, Grund genug, um seinen berühmten Summertime Blues auszugraben ... Ich lauschte dem alten Lied und dachte an Quint, der wohl früher dazu getanzt hatte; ich sah aus dem Fenster. Die Herbstsonne schien. Ein paar Fußgänger waren unterwegs. Die Ampeln blinkten umsonst. Und mit geübter Stimme sprach der Radiosprecher gegen den Tod an. Später erschien mir selbst auf dem Flughafen alles verlangsamt, und ich rannte durch die Halle, um in Bewegung zu bleiben. Mein Ziel stand fest. Während des letzten gemeinsamen Urlaubs mit meinen Eltern hatte ich Mahbaba kennengelernt; ich besaß seine Adresse, und ich besaß Geld. Dazu kam etwas Glück: Kurz vor elf ging eine Maschine nach Tunis. Und dazu kam meine Wut. Sie kam, als das Flugzeug die Wolken durchstieß. Quint war nicht besser als der Mann, dessen Namen ich trug.

VIII

»Quint, da klopft es.«

»Laß mich...«

Ich saß auf dem Bett, im Schoß Helens Blätter. Immer wieder zählte ich sie; ich zählte sie, um bei Verstand zu bleiben. Es waren vierundzwanzig. Sie waren aus einem Heft gerissen, das noch sechzehn Seiten hatte.

»An der Tür, Quint, an der Tür.«

Julian saß auf dem Boden, er versuchte, aus meinem Tunis-Plan einen Flieger zu falten, keine Drohung konnte ihn bremsen. Ich eilte zum Waschbecken, ich schlang mir ein Handtuch um. »Wer ist da?« rief ich und sah in ein abstoßend altes Gesicht. »Hier ist Branzger, nur auf ein Wort.« Julian kam zu mir, das Knäuel des Stadtplans in der Hand. »Bitte helfen.« Es klopfte erneut. Ich ließ den Plan fallen und legte die Blätter zurück, ich schob Helens Heft unter mein Bettzeug. Dann öffnete ich, fast froh über diese Ablenkung, die Tür.

Wie aus Gewohnheit ging Dr. Branzger sofort in

die Mitte des Zimmers. Unter seinem Mantel, bis zum Mittagessen offenbar auch Schlafrock, schauten die Waden hervor, zwei Stöcke neben dem Hirtenstab. »Um diese Zeit saß Helen schon lange am Fenster« – er sagte das in ernstem Ton und griff sich dabei unter den Mantel, als suche er etwas; in Wahrheit kratzte er sich. Nachdem er damit fertig war, schlug er ein gemeinsames Abendessen vor. Madame Melrose, mit der er gerade geredet habe, wäre entzückt, das lästige Männchen zu hüten... Ich wollte mich jetzt entschieden gegen diesen Ausdruck verwahren, aber da wandte sich Dr. Branzger, den Stadtplan glättend, an Julian. »Wenn das ein Flieger werden sollte, hast du noch viel zu lernen. Also heute zeitig ins Bett, damit du morgen wach bist. Für einen neuen Albatros.«

»Ich kann auch mit zum Abendessen.«

»Madame Melrose ist sehr nett.«

»Ihre Milch ist zu süß.«

»Unsinn. Ich trinke sie auch.«

An dieser Stelle riß mir die Geduld. Ich sagte, wir würden uns das überlegen, während sich Dr. Branzger, wie ein Lakai, rückwärts entfernte. Wenn es mir recht sei, er denke an libanesische Küche, ein Fest der Vorspeisen, Empfehlung von Helen . . . Und schon mit einem Fuß vor der Tür, blieb er noch einmal stehen und drohte Julian, lustig pfeifend, mit dem Hirtenstab. Ich schloß dann, soweit ich weiß, fest die Augen, ich spürte Julians Hände; vielleicht war es dieses lustige Drohen, vielleicht auch nur das Wort Helen, jedenfalls löste etwas meinen ersten klaren Gedanken aus, nachdem ich in dem Heft gelesen hatte. Ich war erkannt.

Dank Julian verflog dann der Tag. Er wollte unbedingt ein Puzzle haben, und wir durchstreiften die Medina nach einem Puzzle, vergebens. Nebenbei hielt ich Ausschau nach etwas Kleinem für Christine, eine kaum lösbare Aufgabe. Im Grunde will sie nur Bücher, und die besorgt sie sich selbst. Andererseits sah ich Christine auch schon vor Wäscheläden und ausgefallenen Papeterien, und so kaufte ich in einer Gasse, in der es alles gab, was das Schreiben verschönte, teures Papier. Wir hatten den Laden gerade verlassen, da zog mich Julian am Haar. In einem hinteren Raum, zwischen den Maschinen, die das Papier machten, habe er den Erfinder des Albatros gesehen, in einem weißen Tuch. Natürlich glaubte ich kein Wort. Dr. Branzger war für mich ein Meister im Wecken kindlicher

Träume; ich nahm Julian auf die Schultern und versprach ihm für morgen ein Puzzle.

Den Rest des Tages verbrachten wir auf dem Hoteldach. Ich hatte Fladenbrot und Ziegenkäse gekauft und für Julian eine Packung Kekse. Dazu gab es Mineralwasser und saure Bonbons. Im Schatten der trocknenden Bettücher schauten wir kauend über die helle Stadt und waren glücklich; ich dachte nicht an Helen, und Julian dachte wohl auch nicht an Christine. Madame Melrose – noch fiel es mir schwer, das Madame wegzulassen – krönte dann diesen Zustand. Sie kam, um ihre Wäsche abzunehmen. Ich grüßte sie höflich, und sie lächelte schwach. Während ihrer Tätigkeit, die sie mit einer Langsamkeit ausübte, als seien Laken und Tücher dafür empfänglich, ließ sie mich nicht aus den Augen; als alle Wäsche im Korb war, saßen Julian und ich im Dunkeln. Melrose setzte sich zu uns. Sie trug ein für Hausarbeiten zu teures Kleid, und ihr Haar war diesmal kunstvoll über dem Hinterkopf zusammengebunden. Vom Abendwind bewegt, stand nur noch ein feiner, überraschenderweise dunkler Flaum von ihrem Nacken ab.

Eine Weile sagten wir nichts, bis sie ein volles Fläschchen aus den Tiefen ihres Kleides zog und wir über die Milch sprachen, die Julian zu süß war. Melrose bestritt, die Milch zu zuckern. Sie kostete von ihr und brachte mich dann soweit, auch zu kosten, doch meine Zunge schmeckte nur den Speichel am Gummi; schließlich riß sich Julian geradezu um die Milch und trank sie anstandslos. Frieden breitete sich aus, und ich würde lügen, wenn ich behauptete, ich hätte in diesen Minuten nicht daran gedacht, mit der Frau, die an meiner Seite saß, zu schlafen, oder besser gesagt, mich ihr körperlich anzuvertrauen, damit sie alles aufgreife, was sich in der Zeit mit Christine – einschließlich Helen –, aber auch in den Jahren davor, was sich seit dem Tag oder der Nacht, da ich zu begehren anfing, in mir gehäuft hatte. Tief bestürzt, weil ich noch nie von einer älteren Frau verwirrt worden war (außer meiner Mutter natürlich), und gequält von dem Gedanken eines bisher versäumten und wohl auch in Zukunft versäumten Glücks, stellte ich meinen Willen auf die Probe. Ich wollte an Christine denken, doch die Gedanken gingen zu Helen, ich bemühte mich, an Helen zu denken, doch alles Sinnen lief auf Melrose hinaus. Und als ob sie dies spürte, sah sie mir in die Augen. »Monsieur Branzger sprach heute von einem gemeinsamen Abendessen mit Ihnen; nichts würde mir mehr Vergnügen bereiten, als in der Zeit auf Julian aufzupassen.« Noch erfüllt von der Zartheit, mit der sie den Namen französisch betonte, nahm ich das Angebot an und hätte fast übersehen, wie Julian – lautlos war er verschwunden – schon einen Fuß auf den Sims setzte. Ich rannte hin und riß ihn an mich, ich brachte ihn in Sicherheit. Ins Bett.

Als in den Bäumen um die Altstadt der Vogellärm nachließ, war er gewaschen und eingecremt und trank sein Abendfläschchen. Wie immer hielt er es nur mit Daumen und Mittelfinger, die andere Hand in meinem Haar, während seine Hüterin schon vor der Tür stand, bereit, mich abzulösen, sobald er in den Schlaf gefallen war. Und so wie immer sah ich ihm, eher bestürzt als bewegt, dabei zu. Ich sah, wie sich sein Blick verdrehte, hin zu den Schächten des Schlafs, sah wie sich Julian, Sterbenden ähnlich, unter meinen Augen verflüchtigte, auch wenn er vor dem Entschwinden noch etwas sagte, mit seltsamem Ton, als rede ein Fremder aus ihm, vor sich hinmurmelte, »Is gemütlich«.

Etwa um neun nahmen Dr. Branzger und ich in einem Lokal Platz, das Der Emir hieß. Mein Landsmann war dort offenbar bestens bekannt. Wirt und Koch beehrten uns mit Handschlag, Art und Umfang der Bestellung schienen von vornherein festzustehen. Die einzige Unregelmäßigkeit betraf das Bezahlen. Ich hatte den Eindruck, Dr. Branzger arrangiere es hier jedesmal neu; kaum stand der Wein auf dem Tisch, sprach er von einem Grundstück bei Dresden, beste Lage und, historisch betrachtet, bis eben in Familienbesitz. Es gehöre heute wieder ihm und einem verschollenen Bruder, was natürlich erst eingeklagt werden müsse, ebenfalls, geschichtlich gesehen, nur eine Frage von Minuten. Nach dieser Einleitung faltete er die Hände und bat mich um hundert Mark.

Ich wollte ihm und mir nicht den Abend verderben, schwieg also und schob ihm das Geld in tunesischer Währung über den Tisch. Und während der Kellner die ersten Vorspeisen brachte, Olivenpaste auf warmem Brot, dazu rohes Gemüse mit verschiedenen Soßen, breitete Dr. Branzger die Arme aus: »Sie sind natürlich mein Gast!« Dann kam er auf den verschollenen Bruder zurück. Bis Ende der dunklen siebziger Jahre habe dieser in derselben

Stadt wie ich gelebt. Danach habe sich seine Spur in Oberitalien verloren ... Weitere Leckereien wurden gebracht, und Dr. Branzger wechselte, im Rhythmus der Speisen, das Thema. Von seinem Bruder kam er wieder auf den Besitz nahe Dresden, mit Elbblick, schweifte dann ab zu Gefängnissitten wie Tätowieren und Mundverkehr und landete bald bei einer früheren Liebe, »Marianne, damals kaum älter als Helen«. Und von der Zeit mit ihr schwärmte er in solchen Tönen, daß ich von meiner Ehe zu reden anfing. Ein jeder, sagte ich, führe für den anderen die Liste der Menschen an, bei denen wir uns damit abgefunden haben, daß sie zu unserem Leben gehören, bis dies Leben erlischt. Dr. Branzger schaute ein wenig schadenfroh, worauf ich ihm unsere gemeinsamen Reisen unter die Nase rieb. »Wir waren überall«, rief ich und begann recht harmlos mit Griechenland, sprach von den Schiffen, die uns von Insel zu Insel gebracht hätten, und blieb bei Santorin schon stehen, beim ersten großen Streit zwischen Christine und mir über die Frage Blick oder Strand, was für sie Lesen oder Schwimmen hieß, Glück oder Unglück.

Dr. Branzger unterbrach mich. Die griechischen Inseln waren wohl für ihn schon zu viel; während seine Schläfenadern schwollen, platzte er mit dem Ausruf »Herrgott, die Ägäis!« heraus. Und noch in diesem Ingrimm schlug er einen Bogen vom Mittelmeer zur Ostsee, an deren Ufer er einen ganzen Sommer verbracht habe. »In einem Einmannzelt mit Marianne, die übrigens auch Helens Augen hatte.« Dieser Gedanke schien ihm gutzutun, er faßte sich wieder. »Marianne Minwegen, ein wunderbarer Name, nicht wahr? Bis vor einem Jahr galt meine Liebe nur Namen. San Francisco. Vogue. Ingolstadt. Negligé, Valpolicella. Aubergine. Turbo. Sony ...«

Erst als neue Schüsseln mit zierlichen Salaten und Früchtebreis, Spießen und Gemüsebällen aufgetischt wurden, machte Dr. Branzger einen Punkt. Er versank in sich und aß eine Weile stumm, bis ihn irgend etwas – vielleicht nur die Zufuhr von Nahrung – wieder anstachelte. Einige dieser Namen, die wichtigsten, habe er schließlich, unübersehbar, an öffentliche Wände geschrieben, bald darauf sei die Verhaftung erfolgt. Er zog das Etui mit den Pastillen hervor und ließ es aufschnappen. »Ich wurde bestraft und erlebte den Untergang unseres Staats hinter Gittern, wodurch das Verbrechen, das man mir zur Last gelegt hatte, von Tag zu

Tag mehr Glanz bekam. Wenige Stunden nach meiner Befreiung saß ich bereits, noch dürftig gekleidet, in einer Fernsehsendung und erhielt für jedes abfällige Wort über meine Vergangenheit Beifall; vor mir hatte ein Nacktmodell aus seinem Leben erzählt, nach mir sprach ein homosexueller Priester, zwischendurch spielte eine Kapelle. Ich war noch nicht abgeschminkt, da dachte ich daran, dieses Land zu verlassen. Natürlich brauchte ich etwas Geld, und da die Auskünfte, die ich über mich gab, mit tausend Mark vergütet wurden, ließ ich mich ein zweites Mal pudern und ausfragen, ehe ich am achten Oktober ins Exil ging.«

»Und warum gerade Tunis?«

»Tausendundeine Nacht. Ein Jugendtraum.«

Dr. Branzger bot mir eine der Pastillen an – Sie stärken die Immunität, sagte er –, und ich zögerte einen Moment, plötzlich von dem Gedanken besessen, er wolle mich vielleicht vergiften, nicht gerade töten, aber doch bettlägerig machen, mich lahmlegen, ausschalten, da er mit Helen ein Verhältnis hatte und mir den Onkel nicht abnahm, bevor ich mir, wie unter Zwang, eins der Plättchen in den Mund schob. Es schmeckte nach nichts, was die Besorgnis erhöhte. Doch statt auf Helen zu kommen, lenkte ich die Rede erst einmal auf Madame Melrose. Dr. Branzger war sofort bei der Sache. Er malte mir Melroses frühere Schönheit aus – als kenne er sie seit ihrer Jugend – und sprach von ihrer Großmut. »Eine Frau, die für einen weint und lacht, wofür man gern das Putzen und Nähen übernähme. Bestimmt ein wenig verhexend, aber welche Frau ist das nicht.« Ich widersprach und erwähnte Christine, sie sei der reinste Verstand, und Dr. Branzger stellte mir eine seltsame Frage. Ob es in unserer Wohnung Pflanzen gebe, und wer diese betreue. Auf Christines Betreiben hin, antwortete ich, blühe es überall in erdrückender Fülle... »Aha, soso«, rief er, »und ein Kind gibt es auch!« Er stieß auf Julians Wohl an; dann wollte er wissen, ob ich Christine liebe. Wie aus Notwehr sagte ich ja und erschrak über seinen Einfluß auf mich. Dr. Branzger beugte sich über den Tisch. Er wollte nun auch wissen, ob ich mit Christine schlafe, doch es gelang mir zu schweigen. Ich leerte mein Glas, ich schlug mit einer Frage zurück. Wie er dazu komme, von Exil zu reden, wo er doch in Deutschland weder bedroht noch verfolgt werde.

»Nicht bedroht, nicht verfolgt?« rief er durch das ganze Lokal. »Sind denn Armut und Ohnmacht geringere Fluchtgründe als drohende Folter oder Gefängnis?«

»Was wissen wir schon von Folter?« entgegnete ich. »Kein Mensch würde in Köln oder München einer Folter standhalten, wo doch ein Regentag genügt, um Schwäche zu zeigen.«

Dr. Branzger griff in die Innentasche seines Mantels. Er holte ein Notizbuch heraus, dem er ein kleines schwarz-weißes Foto entnahm. Er schob es mir zu. Das Foto war alt. Es zeigte Dr. Branzger als jungen Mann, spitzbübisch, mit dunklem lockigem Haar. Er hielt eine Frau im Arm, die ihr Gesicht abwandte. Nichts habe ihn mehr gefoltert als die Liebe, sagte er. »Aber bevor Marianne und ich auseinandergingen, ferkelten wir noch tüchtig. So wie man vor der Räumung einer Wohnung die Wände beschmiert« – er schenkte mir nach –; »in jedem von uns schlummert ein Tier. Ich kenne nur eine Ausnahme. Trinken wir auf Ihre Nichte.« Dr. Branzger stieß mit mir an, aber ich trank nicht. Ob er eine Ahnung habe, wo Helen sich aufhalten könne, fragte ich.

»Sicher noch in Tunis. Bloß dürfte sie hier schwer zu finden sein; nicht ohne Einschaltung einer Behörde.«

»Aber ihre Schönheit fällt jedem auf.«

»Ich fand sie gar nicht so schön. Sie hat grobe Zehen, dazu das Schandmal eines dunklen Nagels. Ihre Schönheit lag woanders. Helen ist verschwunden, ohne eine einzige schmutzige Phantasie über sich zu hinterlassen.«

Ein Kellner stellte Obst auf den Tisch und löste dann seine Fliege. Der Wirt persönlich räumte unsere Teller ab; ich kippte den übrigen Wein, ich hatte Mühe, meine Gedanken zu ordnen. »Wie nahe standen Sie ihr?«

»Vielleicht bedeutete mir Helen, was Ihnen Ihr lästiges Männchen bedeutet.« Dr. Branzger schwenkte seinen Hirtenstab. »L'addition, l'addition!«rief er mit falschem Pathos, und ich packte seine Mantelaufschläge. »Ein Kind, ein Kind«, sagte ich, »kann einen grau und klein machen. Und das über Nacht. Nichts raubte uns mehr Kraft, als wenn sich Julians Einschlafen über Stunden hinzog, Christine dann, bleich und stumm, das Haar verwühlt, aus dem verdunkelten Zimmer kam, um ein kaltgewordenes Abendessen, allem zum Trotz, mit mir hinunterzuschlingen, bis das Kind, nach den ersten Bissen, erneut durch den Flur tappte, erneut in der Küche erschien, weinend, taumelnd, verrotzt, und Christine schrie, Ich kann nicht mehr, ich kann nicht mehr!, so gellend, daß Julian erstarrte und ich schweigend danebenstand, in eine Art Gebet vertieft, dies möge ein Ende haben, endlich ein Ende, und dann doch alles, alles tat, den Abend zu retten, die Nacht, den Morgen; das Leben.« Ich ließ ihn los, ich fragte, ob er mir überhaupt zugehört habe, er hob den Kopf und kratzte sich. »Sie sind zu bedauern. Aber das war mir schon vorher klar.«

Der Wirt brachte die Rechnung und Schnäpse. Dr. Branzger warf einen Blick auf die Summe und schaute dann, wie Julian schaute, wenn er ein Glas zerschlagen hatte. Ich schob ihm schnell noch einen Schein zu, und während wir die Schnäpse kippten, verteilte er Trinkgeld nach allen Seiten. Wirt und Koch begleiteten uns vor die Tür.

Die Nacht war sternlos und warm. Wir gingen durch leere Bazare, nur unter Torbögen brannten noch Lichter. »Vertrauen Sie auf meinen Stock«, sagte Dr. Branzger. »Oder auf Gott. Falls Sie ein gläubiger Mensch sind.«

»Ich wäre es gern.«

»Dann ist es für Sie schon zu spät. Aber verschaffen Sie Julian diesen Vorteil – daß Deutschland heute so breit ist, verdankt es auch dem Starrsinn der Frommen. Oder fehlt es an Mut, sich abends an sein Bett zu setzen und ein bißchen zu beten, Lieber Gott, mach mich fromm, daß ich in den Himmel komm, Amen ...«

Eine Gestalt in braunem Kapuzenkleid ging plötzlich neben uns her, über Mund und Nase ein Tuch, und ich dämpfte die Stimme. »Sie reden zuviel«, sagte ich. »Weil Sie ein völlig einsamer Mensch sind.« Dr. Branzger blieb stehen. Wie eine Reihe von kleinen Schreien ertönte sein Lachen, und die Gestalt, in einen Seitenweg biegend, ließ, mit heller Stimme, ein Wort der Verwunderung fallen. Ich sah ihr nach und wollte Warte! rufen, doch Dr. Branzger zog mich fort. Immer noch lachend, wies er meine Worte zurück. Einsam er? Nie gewesen. »Ich habe mich und mein Talent!«

»Sie sind betrunken.«

»So betrunken wie Sie. Oder dachten Sie nicht gerade, Sie hätten Helen gehört?«

Dr. Branzger hakte sich jetzt bei mir ein, wie es in südlichen Ländern üblich ist unter Männern, wodurch meine Wut auf ihn in sich zusammenfiel; entwaffnet trabte ich neben ihm her, kleinlaut fragte ich schließlich nach seinem Talent. Die Antwort kam prompt. Gedichte. Jedoch ruhe die Arbeit daran. Er deutete mit dem Stab in die Luft: »Bis ich auf Madames Dach ein weißes Zelt errichtet habe und dieses Zelt bewohne. Ich werde ein Araber, wenn Sie verstehen...« Seine Augen verdunkelten sich mit Tränen, und ich wandte mich ab. Schweigend gingen wir das letzte Stück zum Hotel.

Nur in meinem, das heißt Helens Zimmer brannte noch Licht. Am Fenster saß Melrose, sie schaute zum Bett. Ihr Haar war jetzt offen, dabei etwas wirr, als hätte sie zwischendurch schon geschlafen. Und auf einmal wollte ich noch spazierengehen, am besten die ganze Nacht. Ich bedankte mich für das Essen, worauf mir Dr. Branzger, als sei ich ein offenes Buch, seinen Hirtenstab hinhielt. Damit laufe es sich hier nachts besser herum. Der imponiere den Menschen.

IX

Mein nächtlicher Gang durch die Altstadt widersprach jeder Vernunft. Ich hoffte, auf die Person in der braunen Vermummung zu stoßen, also auf Helen, obwohl ich von Helen nichts zu erwarten hatte außer Verachtung, und ich wich Melrose aus, die mir so vielversprechend erschien wie keine ältere Frau, seit ich Frauen begehrte. Mein Weg ging bergan, ich ging ins Innere des arabischen Viertels. In der Art eines Blinden klopfte ich mit dem Hirtenstab gegen die Mauern; wer mir entgegenkam, sollte die Waffe schon hören, bevor er sie sah. Die Gassen wurden krumm und stickig. Sie hatten keine Schilder mehr und führten, so schien es, im Kreis. Ich war in den Irrgängen der Kasbah, allein. Nur vereinzelt sah ich Gestalten, die auf Türschwellen hockten, in grobe Kutten gehüllt, oder verschleierte Frauen, die wie schwerelos an den Häusern entlangglitten, eine Hand auf den Mund gepreßt, als wollten sie Geheimnisse hüten oder einen Schrei unterdrücken. Trotz des Stabes fühlte ich mich jetzt in Gefahr. Vor einem Torbogen, unter dem eine Birne, umtaumelt von Faltern, ihr Licht streute, blieb ich stehen. Ich hörte mein Herz, und eine alberne Angst vor dem Tode befiel mich (denn dieser lag ja noch, zog man Durchschnittswerte heran, in einiger Ferne); schon dachte ich an die, die mich vermissen würden, Julian zuerst. Nur Enttäuschung behielte er von mir zurück. Ferner Christine, da bliebe wohl ein wenig Verzweiflung, wie nach dem Verlust von Papieren und Schlüsseln, bis alles wieder geregelt wäre. Und Helen? Die holte sich ihr Heft und schriebe ein post scriptum.

Mit diesem Gedanken kehrte ich um. Ich folgte jedem kleinen Gefälle und erreichte bald die Gegend der Souks mit ihren versteckten Moscheen und Gärten. Blinde, die sich vom Geruch des Jasmin oder dem Gemurmel der Koranleser leiten ließen, streiften mich im Vorbeigehen, und meine Angst verschwand allmählich. Ich lebte und würde auch in zehn Jahren noch leben, wenn sich Julian schon nach den Mädchen umdrehte und mich Christine, vielleicht, etwas an Melrose erinnerte. Ich pfiff sogar vor mich hin, und im Gehäuse von Musik und Bewegung, wie ein Autofahrer in seiner

Karosserie, sah ich erst im letzten Moment, wer mir entgegenkam. Ich wollte Helen rufen, aber öffnete nur den Mund, und geräuschlos schritt die Vermummte vorüber, während ich, überwältigt vom Verlangen nach Liebe (einer Liebe, wie sie mir Julian entgegenbrachte, wenn er plötzlich meine Beine umschlang), einfach nur dastand, bis sie verschwunden war. Irgendwann ging ich weiter und fand wie von selbst – Ergebnis meiner Urbanität – zum Hotel, in Gedanken noch immer bei Helen; trotz allen Verlangens atmete ich – Resultat meiner Enge – mit jedem Schritt auf.

Ich hatte Angst vor Helen. Sie war ja nie eine Geliebte gewesen, keine dieser Bekanntschaften, an denen ich später kaum noch einen Zug fand, aus welchem hervorging, was mir den Kopf verdreht hatte. Helen wäre Helen, sie träfe mich wie eh und je. Gerade noch sanft, konnte sie, auf ein unbedachtes Wort hin, Seiten zeigen, die mir die Luft nahmen. Ihr ganzer Ausdruck, ihre Stimme, ihre Rede schienen dann von einem zweiten, sonst in ihr ruhenden, nun aber wütend gewordenen Wesen zu kommen, einem mich restlos durchschauenden, auf meine Vernichtung bedachten Kind, das seine Nägelchen in meine ältesten Wunden trieb, und das um so tiefer, je mehr ich mich wehrte, bis sich, völlig unerwartet, die gewohnte Helen wieder davorschob und ein erstes, kaum hörbares Wort des Bedauerns das Ende meiner Verstoßung bedeutete, die Rückkehr in das unsichtbare Paradies an ihrer Seite.

Aber das war vorbei, dieses Kind war schon verloren. Blieb mir nur Julian, aus dem ebenfalls ein Gegenwesen hervorbrechen konnte. Ich hatte auch vor Julian Angst, nicht vor dem jetzigen, rasch verzeihenden Julian, sondern dem künftigen, von dem eines Tages ein Brief kommen könnte, die Bilanz all meiner Kniffe, Püffe und Abwesenheiten, die ich, an Stelle von Ohrfeigen, wie anonym, in niemandes Namen zufügte, eine Bilanz wie die von Helen, oder, weit schlimmer, nichts als eisiges Schweigen, der Bruch. Ich hastete jetzt auf das Hotel zu, ich rüttelte an der Tür; noch war das sicher alles aufzuhalten oder in Bahnen zu lenken, doch ich wußte nicht wie. Wie gewann man ein Kind, das einem vielleicht schon zwischen den Fingern zerrann – mein ganzes loses Ich litt vor allem bei dem Gedanken, als Vater nicht mehr als ein launischer Riese zu sein. Mal erzählte ich Julian Geschichten, mal hörte er mich im Radio; dann schwieg ich wieder oder brüllte, um ihn gleich darauf an mich zu pressen, mit ihm zu balgen, wie ich mit Helen getanzt hatte. Ich erbat mir Küßchen und spitzte die Lippen für ihn, ich nahm, was ich bekommen konnte, morgens, mittags und abends ... Und vielleicht war das, rückblickend, auch der Grund meines eigenen kindlichen Kummers (eines Kummers, der heute noch jäh über mich hereinbrechen kann): daß mir die Älteren, um sich zu verjüngen?, etwas gestohlen hatten, von dem ich selbst noch nichts ahnte, einen Quell, den ich später entbehrte, auch wenn ich nie erfahren hatte, was ihm entsprang, und nun wiederum, blindwütig, anderen entriß, Julian vor allem, und Helen, solang es sie gab.

Ich stand immer noch vor dem Hotel – am Empfang war Licht angegangen –, bedrückt von meinen Gedanken, die ja im Grunde nur Gefühle waren, vielleicht auch nur der Wortschweif eines einzigen Gefühls, von Schuld. Das Licht ging wieder aus, ich hörte Schritte. Jemand kam zur Tür und schloß auf. Ich dachte noch, Melrose, und war froh, sie außerhalb des Zimmers zu treffen, doch dann erschien nicht ihr Gesicht, dann erschien, begleitet von Mozart, eine Fratze. Sein Radio am Ohr und eine von Speichel durchweichte Kippe im Mund, öffnete mir der Kleinköpfige, und ich weiß nicht, was in diesem Augenblick erschreckender war, seine Entstelltheit in Verbindung mit der Sinfonie für Violine und Viola (Christine und ich hatten sie zuletzt mit zwei Japanerinnen gehört) oder die Tatsache, dem Kleinköpfigen als Madame Melroses Nachtportier wiederbegegnet zu sein, ihrem Mädchen für alles, einschließlich Führung in den Hurenbezirk. Er ließ mich vorbei und schloß hinter mir ab. Ich war versucht, ihm Geld zu geben, aber er machte keinerlei Andeutung, daß er bereit sei, Geld zu empfangen. Statt dessen wies er mit dem Finger die Treppe hinauf. Er jagte mich förmlich nach oben.

X

Stunden später, als das Morgenlicht die Wand, an der Julian schlief, zuerst blau und dann schwach violett, schließlich rot und röter färbte, war mein Kummer auf dem Wege der Besserung. Melrose hatte mich wie einen Sohn, der von mißglückten Abenteuern heimkehrt, empfangen und mir sofort den Hirtenstab abgenommen, als habe der eher zu meiner Gefährdung als meinem Schutz beigetragen. Nur mit Blicken hatte sie angedeutet, daß ich besser die staubigen Schuhe auszöge, und ich erlaubte mir, gleich die Füße unter Wasser zu halten; in dem Moment stand fest, daß meine Rückkehr keine Ablösung war. Madame Melrose blieb. Sie schloß das Fenster, und die Bastion ihrer Anrede, die ich bis dahin empfunden hatte, fiel wie von selbst.

Wie von selbst fand ich auch vom Waschbecken zum Bettrand (eine Strecke, auf der ich mit Christine jede voraussehbare Zärtlichkeit in Grund und Boden reden konnte), und genauso einfach fand ich aus den Kleidern und errichtete einen Paravent aus Handtüchern und Kissen, der Julian vor dem zu Erwartenden abschirmen sollte. Als ich mich wieder umdrehte, lag Melrose wie schlafend auf dem Bauch, nur noch geschützt durch ein Band im Haar, und da verlor der ganze Tag bis zu diesem Moment an Bedeutung; selbst der Kleinköpfige schien mir nicht mehr erwähnenswert. Wichtig war nur noch das Folgende, der Rest des Tages, die Nacht, und vielleicht sollte ich es bei dieser Erwähnung belassen. Oder äußerstenfalls von Melroses Zimtgeruch sprechen. Oder der Weise, wie sie ihre Zehen in meine verhakte. Oder dem Geschmack ihrer Zunge, wenn es ein Wort dafür gibt. Oder der Farbe des Bauchs, wie schäumende Milch, und der Panik, in der sie ihr Ohr entzog und doch anbot. Jedenfalls wich ich am Anfang vor Melrose zurück wie vor einem großen Gemälde, ich kniete mich neben das Bett. Sie hatte den Kopf etwas eingezogen, in ihrem Nacken ringelten sich Haare; von diesem lichten Geringel ging mein Blick abwärts zum Po. Dessen Bild – zwei Halbmonde, geradezu abfärbend weiß – war so machtvoll, daß ich etwas sagen mußte. Ich sagte, Schön, und Melrose erwiderte, es sei bestimmt ein Fehler, daß sie hier liege, eine Form der Illusion. Mit diesen Worten drehte sie sich um, und jetzt war es umgekehrt: ich ging näher heran und fand den Geruch frühester Umarmungen wieder, verwirrend wie der Duft von Tinte für einen Mann meines Jahrgangs. Ich fand den Anfang eines Fadens, an dessen Ende ich später, töricht und geil, zappeln sollte oder, um es netter zu sagen, einfach befestigt war. Doch das spielte nun keine Rolle mehr; von einer in ähnlichen Lagen nie dagewesenen Faulheit befallen, schmiegte ich mich an Melrose, während ihre Finger gewissermaßen an dem Fadenende rieben. Wie ein gemeinsames, noch sehr kleines, noch sehr empfindliches Kind nahm sie dieses Ende, mein Geschlecht, in die Hand.

Melrose war eine sichere und sanfte Geliebte, wenn dieser Ausdruck überhaupt stimmt. Denn genaugenommen tat sie nichts weiter als mich zu streicheln, und das mit einer immer gleichen, verläßlichen Bewegung, in der wahrscheinlich keine andere Absicht lag als die, mir anhaltend Gutes zu tun, wie einem Haustier, dessen Verweichlichung man Rechnung trägt, bis ich mich, meinen ganzen verminderten Willen aufbietend – ich dachte nur: versuch es –, von ihr löste, um nicht den Rest des Lebens in ihrem Arm zu verbringen. Ich streckte mich und sah auf sie herunter. Noch immer tat sie nichts. Und doch – obwohl sie sogar eine Fliege auf ihrem Bauch landen ließ, von wo diese, entlang einer Schweißspur, zu den Brüsten emporkletterte – bestimmte sie jedes Geschehen. Und ich war der, dem dieses Geschehen widerfuhr.

Nach Art einer altertümlichen, aber soliden Mechanik entwickelte sich nun unsere Vereinigung, als würden ausgerechnet wir beide, ein Angestellter aus Deutschland und die Besitzerin eines Hotels in der Medina von Tunis, ausgerechnet in diesem Bett, neben einem schlafenden Kind, und ausgerechnet in diesen Minuten dem Irdischsten zwischen Frau und Mann auf den Grund kommen, und dies so still, daß ich noch Julians Atem hörte – mehr läßt sich nicht darüber sagen. Vielleicht noch, daß es das Gegenteil von Ausschweifung war, ein Heimholen oder Beruhigen. Dem entsprach auch das Ende. In einer Freiheit, wie sie nur Paare erreichen, die einander keine Beweise mehr schulden, ließen sich Melrose und ich, in kurzem Abstand, jeder auf seine Art gehen. Danach: nichts als Ruhe, an der Grenze zum Schlaf. Es folgte eine dieser weltfernen Stunden, in denen man, zwischendurch nur einmal mit der Ferse zukkend, sich selbst nicht mehr spürt und doch sich ganz nahe ist. Melrose lag jetzt auf dem Rücken, die Beine geöffnet, als schöpften sie Luft, während ich mich eher zusammenzog, beide Hände an den Knien, die Augen halb geschlossen; immer wieder verlor ich momentelang das Bewußtsein und träumte. Ich träumte von Julians Puzzle, das es nicht gab, ich träumte von Zahlen und Wörtern, einem Rätsel, das sich nicht lösen ließ, obwohl die Lösung, wie es schien, auf der Hand lag, Ungeheuer mit drei Buchstaben. Mein eingeschlafenes Bein zwang mich schließlich, die Stellung zu ändern. Ich drehte mich zum Fenster und sah den nahenden Morgen. Gleichzeitig fiel das erste Wort seit dem Satz, hier zu liegen sei eine Form der Illusion. »Quel dommage«, sagte Melrose; ich erschrak, und sie beruhigte mich –

»Schade, daß ich aufstehen muß.«

Kaum war sie gegangen, trat ich ans Fenster. Auf der Gasse standen schon Burschen, die sich zur Arbeit anboten. Zwei Kinder schoben einen Karren mit Kühleis. Es roch nach Fisch und Benzin. Ich machte mir keine Gedanken, was dieser Tag brächte; die Gedanken kamen von selbst und taten mir gut. Mit Julian setzte ich mich auf den Platz vor dem Medinator, er im Schatten, ich in der Sonne, vor uns Papier und Bleistift. Ich würde ihm die Wüste mit Kamelen zeichnen, und dann rissen wir alles in Schnipsel, um die Schnipsel wieder zusammenzufügen, bis wir am Abend, wenn sich die Bäume um uns schwärzten vor Vögeln, jedes Teilchen hätten, wo es hingehörte. Bis Julian Papa zu mir sagte, Guter Papa, und wir beide, rechtschaffen müde, in Melroses Haus zurückkehrten. Und morgen ebenso. Und dann brach es ab, dann waren es schon wieder gemachte Gedanken. Ich schloß die Läden, aber das Licht drang durch Lücken; ein wenig sollte diese Nacht noch dauern. Leise ging ich zum Bett, leise kroch ich zu Julian. Ich spielte mit seinem Haar, ich sah auf die Wand mit ihren sich färbenden Streifen. Und plötzlich kamen die Gedanken noch einmal, oder was immer das sein mag, wenn man nicht lügt.

Ich erwachte erst wieder, als es im Zimmer schon heiß war. Lärm von der Gasse hatte mich aus einem seltsamen Traum geholt: Die Meerenge von Gibraltar, Anblick und Landkarte wie eins, als sei ich ein Zwerg oder Riese geworden. Noch mit Bruchstücken dieses Traumes beschwert, warf ich das

Bettuch zurück und sah, daß der Platz neben mir leer war. Nur Helens Heft lag da. Ohne zu zögern rannte ich nackt aus dem Zimmer, ich rannte aufs Dach. An dessen Rand, in der erhobenen Hand einen Flieger, stand Julian, ebenfalls nackt. Bei ihm stand Dr. Branzger, von hinten nur Waden, Mantel und Stab, ein Bild wie aus verbotenen Heften; noch im Laufen streckte ich eine Hand, Julian daraus zu lösen, und noch im Laufen wußte ich, ich würde nur stören. So erfuhr ich denn auch, daß die beiden schon eine Zeitlang hier oben waren, nachdem Dr. Branzger wegen seines Stabes geklopft hatte und Julian ihm einfach gefolgt war und sie einen Flieger gebaut hatten, der sogar bei Wind in die Hand des Werfers zurückkehrte. Außerdem erfuhr ich, daß es noch einmal sommerlich heiß werden sollte und für den späten Nachmittag auf dem Dach eine Teestunde angesetzt war. »Ein Vorschlag von Madame Melrose«, sagte Dr. Branzger, ehe er auf meine Nacktheit kam. Er bot mir seinen Mantel an, und ich rief Danke.

Ich packte Julian, ich rannte mit ihm ins Zimmer zurück. Dort machte ich mir endlich Luft – was er sich gedacht habe, mit einem Mann zu verschwinden, den er kaum kenne.

»Ich kenne ihn aber.«

»Du kennst ihn nicht.«

»Ich kenne ihn!«

»Woher willst du ihn kennen?«

»Er war immer schon da.«

»Was heißt das?«

»Ich kenne ihn schon lange.«

»Du kannst ihn nicht länger kennen als ich.«

»Er war da.«

»Wann war er da?«

»Wenn du nicht da warst.«

»Ich war immer da.«

»Du lügst.«

Fast schmerzhaft für mich klatschte meine Hand auf seine Wange, und Julian, rot und weiß im Gesicht, rang nach Luft. Ungläubig, als könne dies nur ein furchtbarer Irrtum sein, daß ich der war, der ihn schlug, sah er mich an, nicht einmal weinend vor Erstarrung; ein Kopfschütteln, kaum merklich, das war alles. Mir blieb nichts übrig als wegzuschauen, bis er, nach vielen Minuten, zehn oder zwölf, auf einmal seine Arme – die in dem Augenblick nicht klein waren, sondern groß – um meinen Hals schlang.

Noch als die Rufe zum Mittagsgebet über die

Altstadt tönten, saßen wir so auf dem Bett; später löste dann Hunger unsere Verkrampfung, wir holten uns etwas aufs Zimmer. Nach dem Essen spielten wir. Julians Lieblingsspiele hießen in dem Monat Fliegerfalten und Wortemachen (mit Hilfe kleiner, magnetischer Buchstaben), Turmbau und Karambolage. Er war für Turmbau, und wir bauten mit seinen Steckklötzchen einen Turm, so wie es sein sollte zwischen Vater und Sohn. Ich reichte die Steine, und Julian setzte sie, ohne meinen Rat, aufeinander; immer wieder brach alles zusammen, immer wieder zwang ich mich, nicht einzugreifen. Ich schob ihm Stein um Stein zu und schwieg. Mein heiliger Ernst war es jetzt, daß dieses Kind – Abweichung von einstigen Träumen – nie so werden sollte wie ich. Als der Turm schließlich doch stand, legte Julian fest, wer darin wohnte. Ganz oben Christine, er und ich. In der Mitte seine Freunde, der Clemens, der Arne, der Malte. Und ganz unten das Ungeheuer. Aber wieso? sagte ich. Wo es doch tot ist. Julian schüttelte den Kopf. Stumm und kopfschüttelnd ging er, wie mit meinem eigenen, verkleinerten Körper, zum Bett; erst als ich bei ihm saß, erwiderte er: »Nur in deiner Geschichte, nicht in echt.« Dann bat er mich, ein Wort an die Tür zu machen, bat mich, gegen jeden Einwand, die Buchstaben hielten nicht an der Tür, dort in der Mitte seinen Namen anzubringen, bis ich die Buchstaben schließlich, mit sechs Pflastern, ans Holz klebte, wo sie, vielleicht, das einzige Wort von mir bildeten, das für Julian kein Bluff war.

Ich machte die Läden zu, ich ging wieder ans Bett. Julian hatte sich auf die Seite gedreht. Er suchte mein Haar, während ich zur Decke schaute, auf jene Muster aus Rissen und Sprüngen, die für Menschen wie Christine das Baujahr ergaben und für Menschen wie mich Gesichter. »Das Ungeheuer lebt also«, sagte ich und begann zu erzählen. Ich erzählte Julian, daß es sich noch einmal aufgerafft habe, nachdem es schon fast ein Papierflieger geworden sei. Daß es sich jetzt im Souk der Schuh- und Kleiderhändler Sandalen und eine Kutte kaufte und unerkannt auf sein Dach zurückkehrte; dort fraß es wieder die Simse und wartete ab. Ich sprach langsam, ohne zu denken. Die Sätze entwichen mir nur so, während Julian in den Mittagsschlaf sank. Erst als er schnarchte, stand ich auf. Ich deckte ihn zu, ich hielt seine Hand; ich schaute zur Tür.

Unübersehbar, als sei ich zwischendurch blind gewesen, lagen mehrere Blätter, fächerartig ausgebreitet, halb auf der Schwelle, halb im Zimmer. Ich eilte hin, ich sah nach draußen. Es war keiner da, es war nichts zu hören, als müßte mein stilles, nie ausgesprochenes Abkommen mit Melrose mit besonderer Sorgfalt erfüllt werden. Ich ging zum Bett zurück, ich zählte die Blätter. Dann schlug ich Helens Heft auf. Die sechzehn Seiten, die es noch enthalten hatte, waren herausgetrennt. Fünf davon hielt ich in Händen.

XI

Letzten Montag kam Quint an. Er kam natürlich ohne Christine, hatte aber Julian dabei. Quint, in Hochform – schäbiger Strohhut, feiner Koffer, Söhnchen im Arm –, schien noch immer mit mir zu tanzen; der Ehebrecher unternimmt mit seinem Kind eine Reise. Ich sah die beiden, wie sie auf der Place de la Victoire aus dem Taxi stiegen. Julian hätte ich fast nicht erkannt. Er trug sein eigenes Gepäck und rief über den ganzen Platz, Wir sind da! Wie erwartet, machte Quint dann bald die Bekanntschaft von Madame Melrose, und bei seiner Liebe zu Tischdecken landete er schon am ersten Abend im adrettesten Lokal von Tunis. Doch warum sollte Quint sich ändern. Nach wie vor trägt er weiße Hemden, nach wie vor führt er sein Kind aus. Er scheint Julian jetzt regelrecht zu verehren, in jener unberechenbaren, nachgiebigen Art, in der er wohl auch Christine verehrt; wenn es sein muß, läßt er ihn nachts im Hotel und läuft allein durch die Kasbah. Ich weiß, daß er mich finden will. Sogar als Onkel gibt er sich aus. Der liebe Onkel, der durch finstere Viertel streift, wie mir Mahbaba erzählte. Er habe selbst gesehen, wie ihn Tawfik das Köpfchen in die Rue Sidi Abdallah schubste. Armer Quint.

Frühmorgens, auf dem Balkon, während Mahbaba noch schläft – wie gern ich schreibe! Es gibt keine andere Beschäftigung, die mir so richtig erscheint, für niemanden von Schaden, außer vielleicht für meine Hauptperson Quint, was mir nicht leid tut; unendlich geschickt beendete er damals den Umweg der Väterlichkeit. So erzählte er mir in immer kürzeren Abständen Träume, in denen entweder er mich streichelte oder ich ihn. Und nicht mehr im Laufe unserer Spaziergänge, sondern noch während der Begrüßung, wenn wir uns kurz auf die Wange küßten – vergleichbar vielleicht mit dem Zustand nach dem Erwachen bei einem gewöhnlichen Paar –, fiel dann der Satz, Oh, Helen, Kind, ich hatte wieder einen Traum ... Quints Berichte wichen dann rasch – diesen Eindruck gewann ich – von den geträumten Träumen ab, wenn es solche Träume je gegeben hatte, bis sie nur noch Anspielungen waren. Und dann brachte er es sogar fertig, über diese frisierten Träume zu lachen, nur mit dem Ziel, mich anzustecken und in dem Augenblick, in dem ich mitlachte, schnell seinen Arm um mich zu legen, als bedürfte ich, da ich mich gehen ließ, nun seines Schutzes. Das passierte immer wieder, und vielleicht wußte er nicht einmal recht, was er tat. Auf jeden Fall war es ein Fehler. Aber Quint konnte sich Fehler erlauben, und das wußte er sicher, so wie mir ständig bewußt war, daß diese Fehler an mir hängenblieben. Ich mußte sie mitschleppen und verlor Kraft. Und trotzdem war ich einige Male in Gelächter ausgebrochen, so sehr, daß Quint mich an sich preßte, wie wohl sonst nur Christine, wenn ihr alle Jahre, wahrscheinlich an Weihnachten, einmal die Nerven durchgingen. Anschließend lag ich nächtelang wach und fragte mich, was von mir übrig war. Niemand außer mir weiß, wie endlos diese Nächte waren, Nächte, in denen ich abnahm, gleichgültig, was ich aß. Meine Beine wurden dünner, als lägen sie in Gips (ich erfuhr es von Ron, der im Kino mein Knie hielt und nichts von alledem verstanden hätte). Doch vielleicht übertreibe ich auch, vielleicht ist Quint nur ein romantisches Würstchen, das an sich selbst glaubt. Noch immer staune ich darüber, wie stolz er auf seine Stimme sein konnte;

er glaubte an eine Welt voller Eigenschaften, in welcher er seinen Platz hatte. Und dieser Platz war immer dort, wo sich ein anderer, ich zum Beispiel, gerade hinbegeben wollte. Doch das könnte sich in diesen Tagen zum ersten Mal ändern. Gestern nacht erwartete ihn Madame Melrose, und ich muß sagen, ich beneidete Quint. Seit ich sie kenne, denke ich, wie abgerundet und geschlossen diese Frau ist. Ich weiß nicht, was Quint an sich hat, daß Madame Melrose nachts auf ihn wartet; nur seine Stimme fällt mir ein, diese Stimme, die an sich eine Irreführung ist. Selbst wenn er damit etwas Wahres sagt, die Uhrzeit etwa, oder daß es regnet, wenn es regnet, kommt dabei immer auch eine Unwahrheit an. Aus einem halb drei, das nur die Eigenschaft des Vergänglichen hat, wird sein halb drei, eine väterliche Gabe, die mich zum Gehen mahnt oder leise zum Bleiben einlädt. Mit seiner zu allem fähigen Stimme teilt Quint sogar ein eigenes Wetter und eigene Zeit aus. Sie ist das einzige Feste an ihm. Nie spräche er darum hastig oder stockend oder verschluckte gar eine Silbe, dazu fehlt ihm jedes Rückgrat, auch jede Unschuld. Er ist wirklich ein bedauernswerter kleiner Gott, aber vielleicht neige ich bloß dazu, meine Schöpfer zu kränken, ob sie nun Vater oder sonstwie heißen. Ich kann an ihm nichts mehr finden. Selbst sein Geruch – einmal streiften wir uns in der Medina – scheint verlorengegangen, er riecht jetzt wie alle älteren Leute, zu ausgeprägt. Ich könnte das näher beschreiben, wenn ich nicht fürchtete, dieser Geruch würde sich damit wiederholen; darum gehe ich auch nicht näher auf den Tanz mit Quint ein, diesen schlauen Fuchsschritt, der mich überwältigen sollte.

Gegen Mittag, im Bett. Ich will nicht die sein, die ich wurde – wozu, für wen –, ich bekenne mich nicht zu dieser Person. Schon als Kind beugte ich gern das Wort Sein. Ich bin, du bist, ersiees ist. Ich bin Helen Henderson gewesen. Jetzt wohne ich bei Mahbaba und beobachte Quint. Quint, der mit Julian Wasserpfeife raucht. Quint, der mit Dr. Branzger Cous-Cous ißt. Quint, der mir bewiesen hat, daß ich erwachsen bin. Quint, der mit Helen Henderson tanzt; ich weine ihrer Kindheit keine Träne nach. Haben Adam und Eva geweint? Davon ist nichts bekannt. Weinen die Babys, wenn man sie aus dem Mutterleib zerrt? Sie brüllen, soweit ich weiß. Und das ist besser als weinen – gestern träumte ich von Dr. Branzger. Ich sah ihn nur von hinten, in ein Kapuzenkleid gehüllt, aber er war es.

Er ging im Morgengrauen vor die Stadt, an den Rand der Wüste, und brüllte im Gehen ein Wort, ich fürchte, meinen Namen. Er will, daß wir ein Pärchen werden, das zeigt mir seine Zurückhaltung; schon deshalb würde er mich nicht verraten.

Wieder auf dem Balkon, in der Abendsonne. Quint hat einen Gang durch die Altstadt gemacht, Julian auf den Schultern. Zuletzt schien er etwas für Christine zu kaufen, vermutlich Papier. Ich habe mich oft gefragt, ob er sie liebt. Was ging in ihm vor, wenn er ihre Wangen berührte? War er verzückt, wenn ihn Christine von hinten umschlang? Konnte ein bloßes Wort von ihr sein Blut umlenken? Schloß er die Klotür hinter sich ab; nannte er sie Liebling? Und nahm er manchmal, ohne Anlaß, ihre Hände? Oder hoffte er, daß sie die seinen nähme? Und tat sie das dann? Natürlich hat es mich ebenso beschäftigt, ob Christine ihn liebte, und wenn, auf welche Weise. Eher zurückhaltend, still, ganz für sich? Oder waren das Ausbrüche, die gegen ihren Willen erfolgten, unvorhersehbar wie Migräne; warf Christine sich weg, wenn sie Quint liebte? Tat sie Dinge, die sie sonst verdammte? Die sie am anderen Tag bereute, für die sie sich schämte, wenn sie wieder in ihren unscheinbaren Sachen herumlief, Jackett und Hosen, die so grau sind, wie ein Stoff nur sein kann, dazu ein Leinenhemd, hochgeschlossen, und eine alte Herrenarmbanduhr, ansonsten kein Schmuck, und das Haar fest gebunden, die Vorsteherin eines snobistischen Stifts, als hätte sich ihr Verstand sein eigenes Kleid genäht, das sie sich in Fetzen vom Leib reißen müßte, wollte sie der Liebe auch nur eine Chance geben. Oder täusche ich mich? Liebt sie Quint aus Gewohnheit und, umgekehrt, er sie, weil es so am bequemsten ist? Und können sich Menschen, die zusammen ein Leben verbringen, überhaupt lieben? Dürfen sie es? Ich habe nie etwas anderes getan als mir solche Fragen gestellt. Liebte mein Vater meine Mutter; und wurde er von ihr geliebt? Was machten sie, wenn ich im Bett war? Und was machten sie, von einem gewissen Zeitpunkt an, nicht mehr; wie verrauchte ihre Liebe? Darüber habe ich immer nur zwei Versionen gehört, eine Wahrheit zuviel. Bis ich eines Tages beschloß, nicht länger verzweifelt zu sein. Ich beschloß, meine Mutter zu mögen und Mr. Henderson, den ich liebte, zu vergessen. Das war mit vierzehn.

Nachts. Werde die Seite noch zu Ende schreiben und alle neuen Blätter dann Mahbaba geben, damit er sie zum Safe bringt. So sind sie in Sicherheit, besonders vor mir. Wieviel hätte ich schon zerrissen, wenn es am nächsten Tag noch dagewesen wäre; und wie oft hätte ich gar nichts geschrieben ohne Mahbabas Geduld beim täglichen Reparieren meiner alten Maschine. Er tut einfach alles für mich, er läßt sogar die Hände von mir. Wäre Mahbaba nicht so rigoros, ich würde ihn heiraten. Ich liebe seine schwarze Haut, sie ist so schwarz, daß sie leuchtet; ich liebe sein Schweigen, die höflichen Rückzüge. Seine ganze muslimische Hingabe zieht mich an: durchbrechen möchte ich sie. Was für ein in Eisen gelegter Held, denke ich. Oder weiß er nicht, was ihm entgeht? Nie waren wir uns näher als in den ersten Minuten, auf Djerba, beim Tanzen, im Hintergrund mein Vater. Ich spürte Mahbabas mächtigen Wunsch, ein Bäumen, das er heute verheimlicht vor mir. Ich müßte schon seinen Gott stürzen, aber vielleicht verlöre er dann jedes Gewicht – ein zappelnder Mahbaba, ich würde ihn hassen. Wozu; wir schlafen im selben Raum, und jeder hilft sich, so gut er kann. Wenn wir keinen Laut mehr hören vom anderen, ist der Lärm in uns am größten. Später sprechen wir dann wieder, Schläfst du? fragt er auf einmal, und ich gestatte mir, seinen Namen zu flüstern, was mir bei Quint mit seiner einen Silbe nie gelang. Gegen Morgen schwillt dieser Lärm in mir unter Umständen noch einmal an, und ich schleiche ins Bad. Dort lasse ich das Licht über dem Spiegel aus, denn in diesem Moment bin ich das letzte, was ich zu sehen wünsche. Ich helfe mir erneut, und wenn ich immer noch nicht schlafen kann, gehe ich, eingehüllt, spazieren. Ich streife durch die Medina, ohne Ziel – doch vor dem Wochenende gehe ich noch an meinem alten Hotel vorbei und locke Quint mit einem Ruf ans Fenster. Wie ich ihn kenne, dürfte er spätestens Montag zurückfliegen. Er denkt ja gern von Woche zu Woche. Montag an, Montag ab. Es sei denn, Christine taucht auf, was zu ihr passen würde. Ein Ausflug nach Nordafrika. Sandfarbenes Kostüm, rote Sandalen; Baedeker.

Aber wahrscheinlich wäre es ein Fehler, Quint ans Fenster zu locken. Er würde mit mir reden und mich auf seine Seite ziehen. Ich habe ja nicht viel mitgenommen aus Deutschland, etwas Geld zum Leben, mein Gefühl für Julian und die Wut auf blinde Väter. Wenn das alles verbraucht ist, muß ich aufhören zu schreiben. Also soll Quint nicht ans Fenster gehen, sondern lesen. Es reicht, daß ich ihn Tag für Tag sehe. Meine Augen sind schön, wie die Augen aller Frauen in dieser Stadt, und benötigen keine Brille. Sie sehen den Mann, den ich einmal verehrt habe, sogar bei Dunkelheit und auf Entfernung. Ich sehe jeden seiner Schritte und werde für jeden seiner Schritte ein Wort finden, kein großes dankbares Wort, eher ein kleines genaues, störend wie ein Spreißel. Und wenn es heute tausend Schritte sind, die er hier mit seinem Kind unternimmt, werden es morgen tausend Worte sein, die ihm den Schlaf rauben. Und auch das werde ich sehen, wie er sich im Bett hin und her dreht, und auch dafür ein Wort haben, Bündel vielleicht. Das mag man für grausam halten, doch ich verrichte nur Frauenarbeit, Flicken und Putzen. Ich füge die Scherben eines Spiegels zusammen und entferne darauf jeden Fleck. Der Mann, der mir nachgereist ist, soll nicht unnötig leiden; ich verlange bloß, daß auch er sieht, ganz am Ende vielleicht sogar mich.

XII

Mit der ersten Abendbrise, als die Sonne, durch jede Lücke zwischen den Türmen der Altstadt, geballt über die Häuser schien, fanden sich sämtliche Gäste des kleinen Hotels, also Dr. Branzger, Julian und ich, auf dem Dach ein. Zur allgemeinen Überraschung hatte Melrose, im Windschatten ihrer trocknenden Wäsche, mit Blick auf die Kasbah, einen Tisch für sechs Personen gedeckt; offenbar war noch eine weitere Person aufgefordert, an der Teestunde teilzunehmen.

Ich wartete etwas und wählte dann den Platz mit der größten Entfernung zu dem Gedeck, das übrigblieb. Dadurch wurde ich Tischnachbar meiner Geliebten, die sich unser Verhältnis mit keinem Lidschlag anmerken ließ. Melrose wachte über das Ziehen des Tees und knetete nebenbei Tabak für eine Wasserpfeife aus bläulichem Glas; demnach besaß sie wenigstens zwei dieser Tausendundeinenachtgeräte. Gelegentlich streifte mich ihr stiller Blick, und es kostete Kraft, mir nicht anmerken zu lassen, was ich gelesen hatte. Die neuen Seiten steckten, sorgsam gefaltet, in meiner Jackentasche. Immer wieder fühlte ich nach, ob sie noch da waren; allein das Auftauchen von Christine (einen Sprachführer und die Scheidungspapiere im sandfarbenen Anzug) hätte meine Verwirrung weiter gesteigert. Das sechste Teeglas konnte nur für Helen bestimmt sein.

Wahrscheinlich wohnte sie in der Umgebung. Jedenfalls war ich seit Tagen von ihr beobachtet worden. Oder ich hatte, infolge von Müdigkeit, etwas gelesen, was gar nicht auf dem Papier stand, eine eher beruhigende Variante; immerhin sind Halluzinationen nichts Unnatürliches, jeder Mensch ist ihnen unterworfen. Aber ein sechstes Glas blieb ein sechstes Glas: die Dinge paßten zusammen – und doch nicht. Warum, zum Beispiel, wurde ich mit Helens Blättern versorgt? Schämte sich Melrose nicht des Vertrauensbruchs, den sie beging? Oder begehrte sie mich so sehr? Ich war noch bei diesem Gedanken, als ein langer Schwarzer mit Nazarenerbart auf das Dach kam. Mahbaba.

Dr. Branzger – zum ersten Mal ohne Mantel, angeblich weil er gereinigt wurde – stellte mich als

Helens Onkel vor. »Zur Zeit auf Reisen mit diesem Männchen«, sagte er auf deutsch und strich Julian, der sich auf meinem Schoß in den Schlaf trank, über den Kopf. Helens schwarzer Liebhaber – nichts anderes sah ich in dem Afrikaner – warf mir einen gleichgültigen Blick zu. Anschließend wandte er sich mit einer Frage, in der es um meinen Beruf ging, an Dr. Branzger, als untersage ihm irgendein Gesetz, ohne Vermittler mit Unbekannten zu reden, bevor er eine Haltung regungsloser Wachheit einnahm, die mich glauben ließ, ich sei ihm Erklärungen schuldig. Um diesem Bann zu entkommen, kniff ich Julian in die Seite. Er weinte, und ich konnte ihn trösten.

Dr. Branzger nahm das zum Anlaß, seine Pastillen zu zücken, während sich Mahbaba, offenbar mit neuen Fragen zu mir, an Melrose wandte. Sie redeten ungeniert arabisch, und ich zog meinerseits Erkundigungen ein. »Dieser Schwarze«, vertraute mir Dr. Branzger an, »gehört zu den Menschen, mit denen man am besten über Gesundheit spricht. Aber Sie können es auch mit der Apokalypse versuchen. Falls er mit Ihnen spricht.« Mir gehe es nur um Helen, sagte ich leise und erntete das Branzgersche Gelächter. »Helen, Helen«, stieß er hervor – »Sie glauben an Wunder! Ich nebenbei auch. Vorgestern erst bat ich Madame Melrose, mir auf meine Rechnung ein Lotterielos zu kaufen. Erster Schritt, hier Wurzeln zu schlagen. Dann kommt der Egoismus. Das heißt, ich werde einwandern. Wie unser Monsieur Noir. Wir sind dann sozusagen beide schwarz.«

Mahbaba – noch immer sah er mich abwartend an – hatte bei dem Wort Noir mit keiner Wimper gezuckt, wodurch ich den Eindruck gewann, daß er alles verstand, was ja nicht weiter erstaunlich war, wenn er mit Helen das Bett teilte. Meine Gedanken drohten um dieses Bett zu kreisen, doch zum Glück weinte Julian noch und hielt mich auf dem Boden der Tatsachen. Er strahlte erst wieder, als Melrose ein Windlicht entzündete, womit die Zusammenkunft gleichsam eröffnet war. Danach schenkte sie jedem ein, reichte braunen Zucker herum und teilte glaciertes Gebäck aus. Sie tat dies ohne ein Wort, und so verstummten auch ihre Gäste.

Das pfadfinderartige Windlicht und die feuchtsüßen Stückchen, der aromatische Tee und das allgemeine Schweigen, im Hintergrund die Zacken der Medina und tausendfaches Spatzengezwitscher, letzte, hysterische Auflehnung des Tages, gaben mir – und wohl auch den anderen – schon bald das Gefühl, Teil einer Runde zu sein, und stimmten diese Runde nachdenklich. Statt uns zu unterhalten, schlürften wir das Minzegebräu, während sich auch jenseits unseres Dachs und der Stadt eine Art Schweigen erhob und die Erinnerung an ferne Kinderträume von Karawanen in der Wüstennacht weckte. Nur Julian war wie jeden Abend. Unberührt von dieser Stimmung, zupfte er mir an kritischen Stellen das Haar aus, und ich sah mich schon kahl, wenn Helen aus der Dunkelheit träte. Mit einemmal stünde sie da und spuckte mir auf die Glatze. Ich war dankbar, als Dr. Branzger sein Selbstgespräch wieder aufnahm.

»Dieses Deutschland«, sagte er, »braucht mich nicht. Was könnte ich schon tun für ein Land, in dem die Menschen Autos besitzen mit Felgen wie ein Maul voller Goldzähne?« Er kam um den Tisch und fragte, ob ich ihm Julian für einen Moment überlasse. Was gebe es Sinnvolleres, als ein Kind hin und her zu tragen? Dem konnte ich nicht widersprechen; ich konnte nur zuschauen, wie er Julian am Rande des Dachs entlangtrug, während sich Melrose und der Schwarze die Wasserpfeife teilten. Bald wußte ich nicht mehr, wohin ich sehen sollte: zu dem Schlauchende, das von Mund zu Mund ging, oder zu Dr. Branzger, der mit Stock und Kind die Simse abschritt, wobei er auf seine Poetik kam. Ihn interessierten bloß Gedichte über den Schmerz und geheime Gebrechen, über alles, was ihm im Leben mißraten sei. »Aber diese Gedichte«, sagte er, »so sehr sie auch gelängen, wären nichts, verglichen mit einem automatisch sich öffnenden Wagenverdeck; drei Tage in Ihrem Land genügten, um diese Erkenntnis in mir reifen zu lassen.« Sein Blick ging zum Tisch, und Melrose und Mahbaba nickten ihm zu. Beide schienen sich nicht im geringsten zu langweilen. In der Art, wie sie rauchten, fast heimlich, wie Schüler, drückte sich sogar etwas Ehrfurcht aus, was vielleicht daran lag, daß Dr. Branzger – statt des Mantels in ein grobes Tuch gehüllt – mit seinem Stab in der Hand und dem reglosen Julian im Arm einem Propheten glich, der die Geschichte von Abraham und Isaak aufwärmte; keiner wagte, seine Rede zu stören, zumal er bei der Seele angelangt war, die bei den einen freiliege und bei den anderen verdeckt sei.

»Alle Menschen, die ich in diesen drei Tagen und Nächten im Westen traf«, rief er, »verstanden es, ihr Innerstes geschickt zu bemänteln, während ich vollkommen nackt dastand. Als ich jedoch, im Hosensack das Honorar für meinen ersten Fernsehauftritt, mit diesem anderen Menschenschlag gleichziehen wollte, zeigte sich, was für ein Stümper ich war. Ich erwarb eine Jacke, feinstes Gewebe, beste Fasson, Farbe Cognac. Doch wie über einem Buckel spannte sich die teure Jacke über meinem Wesen und hob es so noch hervor. Und entblößt ein Lokal zu betreten, gehört bekanntlich ins Reich der Alpträume; für meinen zweiten Fernsehauftritt war ich in einer Münchner Bar mit einem Redakteur verabredet. Er erschien verspätet und sah aus, als sei er eben erst aufgestanden; jedenfalls war er für den Tag noch nicht rasiert und hatte auch wenig Sorgfalt auf seine Frisur, den Mittelscheitel eines Kellners, verwandt. Heute weiß ich natürlich, daß es in diesen Kreisen nicht Sitte ist, sich kurz vor der verabredeten Zeit noch einmal zu kämmen. Dieser Redakteur war in der Bar bestens bekannt. Er wurde dort regelrecht gefeiert, als käme er aus einer Schlacht und nicht aus dem Bett. Mit mir unterhielt er sich dann, wie sich vielleicht unser Mahbaba mit einem Pygmäen unterhielte, wobei es ihm gerade die Kenntnisse auf den lächerlichsten Gebieten ermöglichten, die unwiderlegbarsten Reden zu führen. So war ich bald sicher, daß jeder weitere Versuch einer Angleichung an diese Sorte Mensch meinen Ruin bedeutete – binnen weniger Wochen wäre ich zuschanden, skelettiert, ein Nichts. Ich hatte gegen einen Mann wie den ungepflegten Redakteur keine Chance. Von der ersten Sekunde an war ich ihm gegenüber entlarvt, so wie ich überhaupt in diesem Land entlarvt war, gleichgültig, was ich tat; alles Bemühen, mich durch angepaßte Tagesgestaltung oder Kleidung zu verändern, wurde nur zur Schmähung meines Entlarvtseins, und diese Pein, sagte ich mir, würde nie enden. Mit jedem Schluck, den ich in dieser Münchner Bar trank, verriet ich das Lager der Nackten, aus dem ich kam, ohne in das der Bekleideten überzuwechseln oder gar dort aufgenommen zu werden. Ich war ein weißer Neger.« An dieser Stelle schloß Mahbaba, seinen Kopf in den Nacken legend, die Augen, und ich war mir nun sicher, daß sowohl Helen als auch mein ins Exil gegangener Landsmann zur Verbreitung der deutschen Sprache beigetragen hatten. Erst als Dr. Branzger an den Tisch zurückkehrte, Julian schon wie sein eigen Fleisch und Blut auf dem Arm, blinzelte der Afrikaner, wobei zwischen den Lidern nur das Weiße erschien, ehe sein Blick von Melrose zu mir ging und dann zu den Sternen. Dem schloß ich mich an, während unser Erzähler fortfuhr.

»Mein zweiter Fernsehauftritt unterschied sich nur wenig vom ersten, der offenbar gut angekommen war. Wiederum saß ich unter Leuten mit abnormen Gewohnheiten und erhielt nach der Sendung tausend Mark auf die Hand, genug, um einem der Namen, die mich immer beschäftigt hatten, auf den Grund zu gehen. Ingolstadt. Ich fuhr also von München ein Stück weit nach Norden, traf gegen vierzehn Uhr in Ingolstadt ein und wußte gegen fünfzehn Uhr, daß mir nur das Exil blieb. Eine Stunde später war ich wieder in München, nahm mir ein Taxi zum Flughafen und erhielt noch Platz in der Abendmaschine nach Rom; nahe Fiumicino verbrachte ich die Nacht auf freiem Feld, mal erfüllt von unendlichem Mitleid mit mir, wie es vielleicht zum Tode Verurteilte haben, mal erfüllt von einer grenzenlosen Hoffnung, als begänne das Leben erst jetzt. Anderentags flog ich mit meinem letzten Geld nach Tunis und geriet, durch glückliche Umstände, in dieses Haus. Madame Melrose besitzt das Herz, mir die Miete zu stunden, und den Sinn, sich dafür von mir unterhalten zu lassen...« Er wollte noch etwas hinzufügen, aber Melrose unterbrach ihn: Jenes Los, das sie in seinem Auftrag gekauft habe, stehe, wenn es ihr richtig zu Ohren gekommen sei, auf der morgigen Gewinnliste. Man müsse nun, wie immer, auf ein Wunder hoffen. Sie flüsterte diese Neuigkeit halb auf deutsch, halb auf französisch über den Tisch und brachte Dr. Branzger damit so aus der Fassung, daß er zum ersten Mal in längeres Schweigen fiel. Er hob den Blick und fixierte die Sterne, als wolle er die Position unseres Dachs auf der Strecke dieser Nacht bestimmen.

»Und wie lange«, fragte ich ihn schließlich, »möchten Sie in dieser Stadt bleiben?« Dr. Branzger kratzte sich zwischen den Schulterblättern, darauf bedacht, daß Julian nicht wach wurde; seine Antwort schien nur für mich bestimmt. »In dieser Stadt? Bis ich Genaueres weiß. Ich möchte sogar auf diesem Dach bleiben, bis ich Genaueres weiß; fragen Sie nicht, was das ist. Ich werde hier, wie schon erwähnt, ein weißes Zelt errichten und in diesem Zelt schreiben. Über alles werde ich dort schreiben, außer über Frauen.« Natürlich machte mich das neugierig, und natürlich war dies genau seine Absicht. Männer, die über Frauen schrieben, sagte er, seien ihm verdächtig, und um so verdächtiger, je besser sie sich darauf verstünden. »Denn wenn ein Mann trefflich über Frauen schreibt, weist das ja nur darauf hin, wie rücksichtslos und erfolgreich er die Frauen ausgequetscht hat; es spricht für seinen Kannibalismus nicht weniger als für seine Sprachfertigkeit. Die Leiden der Frauen sind gewöhnlich das Plankton solcher Artisten.« Dr. Branzger machte wieder eine seiner seltenen Pausen, und zum ersten Mal fragte ich mich, was für eine Art Doktor man wohl in ihm vermuten durfte. War er Philologe, ein nörgelnder Lehrer? Oder eher Naturwissenschaftler, verkapptes Genie, womöglich Flugzeugkonstrukteur, ein in Ungnade gefallener Erfinder? Es gab viele Fragen, aber ich stellte sie nicht; ich stand auf. Gegen einen leichten Widerstand – Dr. Branzger stieß etwas Luft aus der Nase – holte ich mir mein Kind zurück. Und Julian im Arm, faßte ich mir ein Herz und wandte mich an Mahbaba.

»Comment va Helen?«

Der Afrikaner sah mich gleichgültig an. Ich stellte die Frage noch einmal, ich stellte sie auf deutsch, und spürte, noch während ich sprach, daß ich Helen geliebt hatte; mit ihr zu reden war ein

Jahr lang das Leben gewesen und wäre es wieder. Dr. Branzger mischte sich ein. Ob ich etwa denke, die beiden seien liiert, ein Pärchen? »Lächerlich. Helen war viel zu eigensinnig. Man hatte von ihrer Gesellschaft nur eins: Stoff für künftige Unterhaltungen.«

»Sie sprechen, als sei sie tot.«

»Sie ist nicht da.«

Dr. Branzger stand auf. Er trat ganz dicht an mich heran, und ich verlor die Beherrschung. Helen sei alles andere als eine Nichte, sagte ich und wollte schon auf unsere Verbindung eingehen, da rettete mich wieder einmal Julian. Wie aus dem Jenseits flüsterte er Christine und brach, als Christine nicht kam, in Schluchzen aus. Natürlich wurde er von jedem getröstet, bis ein Ausdruck von Enttäuschung auf seinem Gesicht lag, als habe er alle, die auf schluchzende Kinder hereinfallen, durchschaut. Mit diesem Ausdruck sank Julian zurück in den Schlaf, und ich legte ihn vorsichtig in Melroses Korb für die Wäsche.

Als jeder wieder seinen Platz innehatte, hörte man statt Vogelgezwitscher einzelne Grillen, und aus nahen Moscheen drang das Gemurmel unermüdlicher Beter. Es war Nacht geworden. Weit zurückgelehnt saßen wir auf unseren Stühlen, immer wieder versucht, die Hand zu heben, um auf eine Sternschnuppe zu zeigen, die wir selber erst sahen, wenn es fast schon zu spät war. Dies endete damit, daß Melrose das sechste Glas mit Tee füllte und Dr. Branzger, streitlustig, die Brauen hochzog. »Kommt sie nun oder kommt sie nicht«, sagte er, »das kann einen unruhig machen; ich wußte sehr bald, daß Sie nicht Helens Onkel sind. Für einen Inzest zweiten Grades sind Sie nicht der Mensch.« Er sprach leise und in höflichem Ton, beinahe hätte ich ihm recht gegeben; ich sah zu Melrose und Mahbaba. Die beiden saugten wieder an der Wasserpfeife, als seien sie ein Herz und ein Mund. Auf jeden Fall waren sie sich nicht so fremd, wie man das Helens Blättern entnehmen konnte. Überhaupt schien hier oben alle etwas zu verbinden, von dem ich nichts wußte, ein Geheimnis oder ein Verbrechen. Ich drehte mich ein wenig, ich wollte jetzt nur noch die nächtliche Stadt sehen; oft stärkt einen ja das Unbelebte mehr, als es die Menschen vermögen. Ich schaute auf die bleistifthaften Minarette, deren Spitzen wie mit Sternen gespickt waren, und empfing einen Wind, der nach Datteln und Sand roch. Meiner Frage, wer zu dieser Stunde noch erwartet werde, mit uns Tee zu trinken, stellte sich längst das Erlauchte einer Spätsommernacht entgegen. Ich zweifelte dann auch bereits, ob dieses sechste Glas unbedingt gleichzusetzen sei mit einer sechsten Person, da erreichte mich das verlorene Auf und Ab eines Cellos.

Alle horchten gespannt, bis zwei der Laken auseinandergingen und der Kleinköpfige, sein Radio am Ohr – wieder stand Dvořák auf dem Programm – zu uns an den Tisch trat. Tawfik das Köpfchen – ein Name, dachte ich, den Helen kaum erfunden haben dürfte – setzte sich, als nehme er, wie stets um diese Stunde, seinen Platz ein, die gewohnte Wasserpfeife zu rauchen; Melrose schob sie ihm zwischen die Knie, und während er die ersten Züge tat, saugend wie Julian am Fläschchen, rundete er unseren kleinen Kreis ab und gab mir das beruhigende Gefühl der Vollzähligkeit. Wie die übrigen genoß ich das Cellokonzert.

Das Windlicht war schon heruntergebrannt und die Nachtmusik beendet, als eine Bemerkung fiel, deren Sinn ich erst Tage später verstand. »Jeder Liebende«, murmelte Dr. Branzger, eine Frage beantwortend, die ihm niemand gestellt hatte, »ist Teil einer endlosen Kette von Glück und Unglück, einer Liebendenkette, ohne die das höchste der Gefühle gar nicht denkbar wäre...« Statt einen Punkt zu machen, entzündete er eine frische Kerze, wobei sein Gesicht, im ersten Schein der Flamme, einen unerwartet leidenschaftlichen Ausdruck annahm; kaum hatte sich der Kerzenschein verbreitet, gab jeder einen Laut des Erstaunens von sich – mit einer Spur von Sand gepudert, war unser Dach zum vorgerückten Posten der Wüste geworden. Doch war dies nicht die einzige Überraschung. Auf dem Tisch stand eine entkorkte Flasche Rosé, die Melrose unter ihrem Kleid versteckt haben mußte.

Sie schenkte uns ein und ließ die Flasche dann wieder verschwinden. Als erster hob Dr. Branzger das Glas. »Auf Helens Onkel.« Er sagte das in einem Ton, als fehle mir jede Voraussetzung, ihm den Mund zu verbieten, und ließen sich zwischenmenschliche Vorgänge zeitlich einordnen, war es der Moment, in dem ich ihn zu hassen begann. Doch bevor ich mir dieses Gefühls noch bewußt werden konnte, geschah etwas, das mich ihm unerwartet nahebrachte. Zunächst erschien, völlig unverhofft, wie der illustre Überraschungsgast eines Fests, hinter den Altstadtzinnen der Mond; wenn auch spät, ging er auf, wie der Mond eben aufgeht, stetig, und nur aus dem Grund, weil es Zeit für ihn war, und dieses Übergeordnete bewegte mich – fast im Gesprächston zitierte ich mein Lieblingsgedicht. Nach der Anfangsstrophe machte ich die übliche Pause und sah, wie sich Dr. Branzger die Augen bedeckte. Und noch ehe ich wieder anheben konnte, kam dann von ihm schon die zweite Strophe, während der Mond zum Ball wurde. »Wie ist die Welt so stille und in der Dämmrung Hülle so traulich und so hold, als eine stille Kammer, wo ihr des Tages Jammer verschlafen und vergessen sollt.« Die nächste Strophe trug ich wieder vor und die vierte noch einmal Dr. Branzger; die letzte Strophe schenkten wir uns. Anschließend schwiegen alle, so wie es sein sollte, und jeder achtete darauf, diese Ruhe nicht mehr zu stören. Doch gerade dadurch ergab sich – für mich – erneut etwas Unerwartetes. Je mehr die Mondbahn sich krümmte, je weiter die Nacht vorrückte, je länger wir schwiegen, desto mehr verschmolz unser Kreis, wie mir schien, zu einer einzigen Person mit sechs Gesichtern, dem der milden Verblühtheit von Melrose und der kleinen Fratze Tawfiks, den pergamentenen Zügen des Dr. Branzger und der schwarzen Büste Mahbabas, dem Antlitz von Julian und meinem alten Schülergesicht. Ich fühlte mich so sehr als Teil dieser geisterhaften Person, daß es mir unmöglich war aufzustehen, obwohl ich nur noch ins Bett wollte; selbst als Melrose den Abend mit einem Seufzer beschloß und Mahbaba sich anbot, ihr die Wasserpfeife nach unten zu tragen, kam ich nicht von meinem Stuhl. Wie angebunden blieb ich sitzen, während Melrose, nach einem winzigen Lächeln für mich, mit Mahbaba zu der Blechtür ging, gefolgt von Dr. Branzger, der mir zum Schluß ein menschliches Gähnen zeigte.

Irgend etwas hielt mich auf dem Dach, vielleicht der Mond, der schon wieder versank, als sei er heute einfach zu voll, vielleicht die leise Musik aus dem Radio; traumwandlerisch hatte Tawfik noch einmal ein Konzert aus dem Äther gefischt, Klavier und Orchester. Vielleicht waren es aber auch Lichter in einem Haus, das in Rufweite lag – plötzlich brannten sie in allen Räumen, als sei ein Unglück geschehen, und sogleich überlegte ich mir, ob Helen dort wohl mit dem Afrikaner lebte. Ob sie ihm gerade eine Szene machte, weil er jetzt erst nach Hause kam, oder ihn über mich ausfragte. Oder sich, bei Festbeleuchtung, hingab, in einer Zeremonie, die sich von Zimmer zu Zimmer zog, um auf dem Küchenboden zu enden. Und ob ich am Ende verrückt sei, überlegte ich mir, ein Idiot der Begierde, so bedauernswert wie Tawfik, der sein Köpfchen hob, als in dem Haus, auf einen Schlag, wieder Dunkelheit herrschte.

Ich holte Julian aus dem Korbbett, ich verschob das Windlicht ein Stück; Tawfik schloß die Augen. Er saß ganz unbewegt da, nur seine Wimpern zitterten etwas. Sie zitterten mit der Musik, und plötzlich schien er mir – anders als ich oder Christine, die wir kaum ein Konzert versäumten – berufen, ihren Klang wirklich zu hören. Er nahm ihn auf wie einen Zuspruch, mal beglückt, mal verstört; mal ratlos, mal verdrossen. All das las ich auf seiner Stirn, wo die Fältchen bald über den Brauen einen Winkel ergaben, bald steil dazwischen standen, dann wieder sich kreuzten oder Linien bildeten, gerade genug, darauf die Noten zu schreiben. Dieser Stirn eines Äffchens, das dachte ich auch und schämte mich etwas.

XIII

Als ich Julian ins Zimmer trug, schlug er die Augen auf und verlangte Christine zu sehen. Noch halb im Schlaf, aber um so mehr bei sich, begriff er, wie fern sie war, und schrie, er wolle zurück. Ich beschwor ihn, leise zu sein, und küßte Julian, wie seine Mutter ihn küßte, ich ahmte ihre Stimme nach und schloß einen Kompromiß. Wir würden nicht abreisen, sondern ausführlich telefonieren. »Machen wir das am besten gleich«, sagte Julian, und ich mußte ihn erneut enttäuschen: Es sei schon spät, Christine schlafe. Julian ließ das nicht gelten, und ich tat so, als falle mir ein, daß Christine ja morgen erst von ihrer Reise heimkehrte, während ich im Grunde nur fürchtete, sie habe Besuch. Aber auch dies ließ Julian nicht gelten. Er trat mich jetzt, er boxte, und wieder blieb mir nur mein letztes Mittel. Das Ungeheuer sei erwacht, sagte ich. Julian keuchte, ich trug ihn zum Bett. »Gar nicht weit von hier, auf einem Dach.«

»Auf welchem Dach?«

»Auf einem Dach, von dem aus man das Dach sieht, von dem aus man das Dach sieht, auf dem wir eben waren.«

»Und was macht das Ungeheuer dort?«

»Es frißt das Dach langsam auf.«

»Und dann?«

»Springt es auf ein anderes Dach.«

»Von dem aus man schon unser Dach sieht?«

»Wenn man gute Augen hat.«

»Dann ist es bald hier.«

»Das glaube ich auch.«

Julian holte tief Luft.

»Oder es bleibt vorher stehen.«

»Bei seinem Hunger?«

»Oder schläft vorher ein...«

»Dazu ist es nicht müde genug.«

»Und wenn es müde wäre?«

»Es ist aber wach.«

Julian suchte mein Haar.

»Dann muß der Sandmann kommen«, flüsterte er, während seine Hand an meiner Schulter abglitt. Er wollte dann noch etwas sagen, doch es blieb bei einem Verblasen des Atems, wobei ihm die Augen zufielen.

Ich beneidete Julian. Viel zu erschöpft für die

Arbeit des Einschlafens, lag ich an seiner Seite wach. Natürlich dachte ich nach; sobald ich auf Schlaf hoffte, konnte ich einer Gedankenflut sicher sein. Und so sehr ich es zu vermeiden suchte, ich dachte an Helen. Wollte sie mich strafen? Auch wenn mir ihre Blätter erst später, etwa als Buch, zugehen sollten, wäre meine Strafe noch die des Sünders durch Gottes Allwissen. Nicht einmal Christine wußte soviel über mich, nie war ich in Versuchung geführt, mich vor ihr auszuschütten. Dagegen zog Helen, wie ein Magnet jeden Eisenspan, ohne besonders in mich zu dringen, auch fernste Erinnerungen aus meinem Gedächtnis, bis hin zu Nachmittagen im Garten meines Elternhauses, dessen Besitzer, ein umnachtetes Geschwisterpaar, im Dachgeschoß wohnten, und weiter, bis zu einem Schuppen am Rande des Gartens, meinem morschen Kinderreich.

Nachmittag für Nachmittag hob ich in diesem Schuppen ein Loch aus. Ich grub mit allem, was ich hatte, Schaufel, Axt und Feuerhaken, ich grub mit bloßen Händen. Je tiefer ich kam, desto fetter und feuchter wurde die Erde, ja sogar wärmer; oft schob ich meine Hände in den Boden, als könne ich ganz und gar darin eintauchen. Nach der Arbeit schloß ich den Schuppen ab und erreichte durch immer neue Listen, daß weder meine Eltern noch irgendein anderer ihn betraten. Was daraus benötigt wurde – Schmieröl, Brennholz oder Rasenmäher –, stand schon bereit, bevor die Rede darauf kam. Nur die umnachteten Geschwister waren meine Zeugen. Immer wieder, wenn keiner im Haus war, erschienen die beiden, sonntäglich gekleidet und stumm, am Rande des Lochs, und ich wußte, sie würden mich nie verraten, als glaubten sie, ich fände schließlich Gold in ihrem Boden. Ich grub einen Sommer lang, ich grub noch im Herbst, und immer unnachgiebiger grub ich, als ein klirrender deutscher Winter kam. Längst brauchte es Seile, damit ich mich hinablassen konnte, längst hatte ich schwielige Hände, die ich verbarg; und als eines Nachmittags, mit der ersten Frühlingssonne, das Grundwasser aus dem Lehm brach und in meine Schuhe eindrang, war ich überzeugt, der Stille Ozean, Antipode unseres Gartens, flute mir durch den Erdkern entgegen, Sieg und Niederlage in einem. Schnell stand ich bis zu den Knien im Wasser, an Flucht durch mein Loch auf die andere Seite der Weltkugel war nicht mehr zu denken. Und unbeschreiblich wurde dann meine Verzweiflung, als jede Schaufel Schlamm, die ich nach oben warf, unten wieder doppelt nachfloß, während ich, zitternd vor Kälte, hoch über mir die Schuppenlampe sah und das Blecken der Geschwister, als hätten sie auf diesen Moment nur gewartet. Der Rest des Nachmittags genügte, meinen Stollen für immer zu schließen... So oder so ähnlich hatte ich es Helen am Telefon erzählt, aber alles, was bei der Geschichte – der Geschichte vom Loch der Lust und der Unendlichkeit, wie Helen sie nannte – nicht gerade für mich sprach, wird sie sich, wörtlich, gemerkt haben; und es verwenden, dachte ich noch, bevor mich ein Reiben von Stoff an der Tür in Beschlag nahm.

In den nächsten Stunden – vielleicht war es aber auch nur eine einzige Stunde, bis zuletzt ausgefüllt –, in der Zeitspanne also zwischen dem Öffnen der Tür, hinter der, folgerichtig, nicht Helen, sondern Melrose gestanden hatte, und dem Augenblick, als ich wieder für mich war (sieht man von Julian ab), verbanden sich meine Kindheit und mein Erwachsenendasein durch eine Reihe von Handlungen, die auch nur anzudeuten größtes Fingerspitzengefühl verlangt; schon das Wort

Handlungen trifft die Sache nur halb, ja, der Ausdruck Sache ist falsch. Gaben und Gegengaben machten aus mir einen Liebhaber und Geliebten.

Zwei große Kissen im Arm, darauf ein Fläschchen mit Milch, kam Melrose, nur in ein Tuch gehüllt, auf weißen Zehen herein, das Haar schon gelöst: in Wellen fiel es ihr über Schultern und Nacken. Wortlos bereitete sie aus den Kissen für Julian eine Dependance auf dem Boden. Dann warf sie ihr Tuch ab, unter welchem sie nackt war, und spannte es, mit Hilfe der Stühle, zu einem Vorhang, hinter dem sie Julian auf eine Art bettete, die meine Erregung – abweichend von allem, was ich kannte – geradezu gerecht auf sämtliche Organe verteilte. Anschließend ging sie mit wippenden Hüften, Hüften, die noch das Muster ihrer Kleidung zeigten, zum Waschbecken und wusch sich, als wolle sie an mir einen Eingriff vornehmen, die Hände. Endlich kam sie zum Bett.

Melrose setzte sich mir gegenüber. Sie umarmte ihre Knie, und ich war auf alles gefaßt, sogar an ihrer Brust zu weinen, nur nicht auf das, was sie dann, mit ihren Zehen meine Zehen streichelnd, sagte. Allein wenn wir liebten, gehe das Leben nicht spurlos vorüber; auch Tawfik das Köpfchen sei ein Kind der Liebe. »Er ist mein Sohn.« Sie sagte das ohne Bedauern und fügte hinzu, Tawfik habe noch eine Schwester gehabt, die sei zusammen mit ihrem Vater verunglückt, in Helens Alter. Nach diesen Worten lehnte sie sich zurück, wobei sie meine Hand nahm und mich auf sich zog, wahrscheinlich alles über das Folgende wissend, wahrscheinlich viel zuviel; mit einem Anflug von Trauer schaute sie mir in die Augen, Trauer nicht über den Verlust Monsieur Haddouchs und ihrer Tochter, sondern das Schwinden einer Kraft, die sie noch einmal auszukosten hoffte: eine Frau am äußersten Rande des Jungseins, wie ich. Wir hatten nur die Wahl, uns zu trennen oder gehenzulassen, und zogen das Leichtere vor. Jeder Laut und jede Bewegung, jeder Kontakt zwischen uns, auch der geringste – ein Lufthauch aus ihrer Nase an meinem Hals –, grub sich dann (wie ich heute weiß) in mein Gedächtnis, aber ergäbe, in Erinnerung gerufen und mit den übrigen aneinandergereiht, nichts, das für andere von Interesse wäre. Natürlich küßten wir uns, wobei es mir vorkam, als hüteten wir unsere Zungen mehr als jedes andere Körperteil, und natürlich klatschten mir, während ich emsig war, Melroses Hände, ermutigend, auf den Po und senkten sich später, wohltuend, zwischen die Backen. Und wen, der schon einmal geliebt hat, würden die kleinen Überraschungsschreie erstaunen, die Melrose und ich, einander den Mund zuhaltend, gegen eine warme Handschale ausstießen, als plötzlich längst Überwundenes wiedererstand und jeder sich, Worte umgehend, vom anderen erbat, was mehr als ein halbes Leben zuvor nur gewährt worden war, weil im Bett junger Mütter Ausnahmezustand herrscht?

Wir waren in dieser Nacht glücklich, soweit sich das sagen läßt, von kindlicher Gier und kindlicher Blindheit. Melrose übersah nicht nur mein dürftiges Haar, sondern auch die in letzter Zeit stark zurückgegangene Muskulatur meiner Beine, ein für mein Gefühl nur noch lose mit den Knochen verbundenes Fleisch, während ich, wie von selbst, eine kleine räudige Stelle in Nähe ihres Nabels vergaß. Wir waren kühner als beim ersten Mal, auch weniger geduldig, als verspreche sich jeder, kaum war die eine Haltung gefunden, noch mehr Genuß von der nächsten. Melrose erschien mir, als ich sie schließlich umarmte, unbegreiflich, eine Woge ohne Anfang und Ende. Wir beide paßten zusammen, sagte sie nach unserem gemeinsamen Sieg und schob mir, zur Veranschaulichung dieser Behauptung, ein Büschel ihres Haars auf die Stirn, um es mit meinem Haarrest zu mischen. Enttäuscht, ja verärgert zog ich den Kopf weg, und Melrose errötete. Sie wechselte so sehr die Farbe, daß ich aus Takt nach Julian sah. Die Arme ausgebreitet, lag er auf dem Rücken und schlief; ich gab Melrose zehn Sekunden, die ihr gemäße Blässe wiederzuerlangen. Dann wandte ich mich mit einer Frage an sie, die mir im selben Moment wie ein Geistesblitz kam: Ob sie eine Schreibmaschine besitze, die sie Helen geliehen habe.

Melrose senkte den Kopf und wühlte sich mit beiden Händen im Haar – Helen habe eine eigene Maschine gehabt, eine Ruine aus dem Souk der Papierhändler; aber falls ich eine benötigte, man könne dort auch, gegen Geld, eine Maschine benützen oder sich etwas tippen lassen – sie hob den Kopf wieder und blickte mich an. Helen sei also meine Geliebte. Ich verneinte, gab jedoch zu, nicht ihr Onkel zu sein. »Aber was dann?« fragte Melrose. Darauf wußte ich nichts zu antworten und sah erneut nach Julian. Er schien jetzt zu träumen. Als ich mich wieder umdrehte, stand Melrose, in ihre Tücher gehüllt, am Fenster. »Erwachsene dürfen nur miteinander schlafen, wenn beide wissen, was sie wollen.« Ich band mir ein Handtuch um und ging zu ihr, ich sagte, vielleicht sei ich gar nicht erwachsen. Melrose knotete ihr Haar. Anschließend nahm sie mich fest in den Arm, und meine Bestürzung in diesem Augenblick hätte nicht größer sein können.

Eine Zeitlang standen wir so am Fenster – ich in Melroses Arm, meinen Kopf an ihrem Hals – und schwiegen. Erst in der milchigen Dämmerung des Morgens, einem Licht, das sich auf Melrose wie Tarnfarbe legte, das sie undeutlich, aber auch grenzenlos machte, dachte ich zurück an die Nacht und fühlte mich schwach. Ich war nichts weiter als getröstet worden; Melrose, mit ihrem nie versiegenden Vorrat an lauwarmer Milch, hatte darin die größte Begabung. Ja, vielleicht sah sie sich dabei sogar ein wenig als Märtyrerin, eine Frau, die Mann und Tochter verloren hat, geschlagen mit einem kleinköpfigen Sohn, der sie brauchte, geschlagen mit einem Gast, der kein Geld besaß. Und geschlagen mit mir.

Vorsichtig löste ich mich jetzt aus der Umarmung. Um keinen Preis wollte ich in ein solches Leben verstrickt sein. Ich trat etwas zurück, und

Melrose schaute mir noch einmal in die Augen, nun ohne Trauer. Sie nahm ihre Unterlippe zwischen die Zähne aus Beverly Hills, sie griff in mein Haar und strich es mir hinter die Ohren; dann eilte sie auch schon aus dem Zimmer.

Bald darauf war ich eingeschlafen und bald darauf, wie mir schien – das dämmrige Licht hielt noch an –, wieder erwacht; ich sah nach Julian. Er hatte die Augen offen, er zeigte zur Tür. »Quint, da hat es geklopft.« Ich glaubte ihm nicht, ging aber leise durchs Zimmer. Ich schaute nach draußen. Tageslicht fiel in den Flur, doch von Wolken gemildert. Niemand war da, nur eine Tüte Milch stand auf dem Boden. Sie stand auf zwei weiteren Blättern aus Helens Heft, eng beschrieben. Vierzig Zeilen à sechzig Anschläge, schätzte ich.

XIV

Seit heute ist Christine hier! Ich holte gerade meine Wochenzeitung und sah, wie sie im El Africa abstieg. Sie hatte nur Handgepäck, als sei sie mir nichts, dir nichts aufgebrochen. Offenbar will sie Julian und Quint überraschen, womit sie sich allerdings Zeit läßt; ich sitze in der Halle, vor einem Frühstück, und warte auf sie. Christine hat sich nicht verändert. Trotz ihrer Größe trägt sie immer noch die getürmte Frisur, die mich rasend machen würde, wenn ich ihr Liebhaber wäre. Ich bin nebenbei sicher, daß sie einen Liebhaber hat, einen jüdischen Autor mit russischem Namen, der einmal anrief, als ich mit Julian allein war. Er lebt in Paris, und dorthin zieht es Christine ja einmal im Monat. Sie hat eben ein Herz für Leute im Exil und bedauert wahrscheinlich die Entwicklung im Osten. Bald bleiben ihr nur noch Männer wie Dr. Branzger, was nichts heißen soll – ich mag ihn. Als wir am Meer waren, da blühte er geradezu auf. Ich wollte das eigentlich unerwähnt lassen, aber nun sitze ich hier, und es fällt mir ein. Wir lagen im Sand, wir sahen auf die Wellen; später, als ich hinausschwamm, rief er, Komm wieder zurück, es ist zu gefährlich! Er sorgte sich richtig, wie sich auch Christine manchmal gesorgt hat um mich.

Immer wieder schaue ich zu den Liften, dort müßte sie auftauchen. Aber es tauchen nur schlampige Touristen im Turnzeug auf, alle in Eile, zum Glück: So kommen sie nicht in meine Nähe. In meine Nähe kommen frisch rasierte Männer mit gefalteter Tageszeitung unter dem Arm, straff ein Gebetskettchen um die behaarte Hand gewunden, Männer, wie ich sie mag, wenn sie nichts von mir wollen. Sie werfen mir Blicke zu, als sei ich wunderschön, aber fern, eine Fata Morgana. Es sind die Blicke, die ich an Mahbaba liebe. Sie machen es möglich, ganz dicht an ihn zu rücken; manchmal sitzen wir stundenlang nebeneinander. So vergehen dann, ereignislos, unsere Tage, aus denen Wochen werden und, vielleicht, Monate. Die Zeit, die man mit einem Menschen verbringt, wird irgendwann zum Vertrag, den beide, ohne es zu merken, durch ihre bloße Anwesenheit unterzeichnen. Das hört sich gut an, doch ist es nur ein Teil der Wahrheit. Es müßte dort noch stehen, daß mein Herz klopft –

ich spürte es schon in der Nacht und weckte Mahbaba. Er sagte, das sei nur die Angst vor dem Tod, und riet mir an die Luft zu gehen. Darauf zog ich mein Kapuzenkleid an, bedeckte Mund und Nase und ging spazieren; kehre ich je nach Deutschland zurück, dann nur verschleiert. Ich will keine Unannehmlichkeiten. Niemand soll mir auch nur ein Wort nachrufen. Männer, die früher viel Sport getrieben haben, hüllen sich ja auch gern ein. Man ahnt dann höchstens ihre aufgegebenen Athletenkörper, so wie man später meine aufgegebenen Brüste ahnen wird... Daran dachte ich beim Gehen, und mein Verlangen nach körperlicher Liebe verlor sich; hätte ich in dieser Nacht mit Mahbaba geschlafen, wären wir jetzt getrennt. Wer vorher traurig ist, denke ich, ist auch hinterher traurig. Aber dafür suche ich keinen Beweis mehr. Schon mit Ron, nach dem Kino, im Auto, wenn das, was unter Mänteln möglich ist, erledigt war, hatte ich diesen Beweis. Lieben, dachte ich – so eine Sackgasse. Leider kenne ich nur eine einzige Frau, die vielleicht ähnlich denkt, Christine. Offenbar schläft sie noch. Jedenfalls erscheint sie nicht oder ich habe sie übersehen. Und wie gern würde ich ihr meine Lüge an dem letzten Abend erklären. Nur

Frauen sind imstande, eine Lüge ganz aus der Welt zu schaffen, weil sie die ganze Wahrheit aushalten können. Sie wagen es, weit genug zu fühlen, während die Männer weit zu denken wagen ... Quint sprach oft über die Zeit nach neunzehnhundertachtundsechzig. Eins seiner Lieblingsthemen war, daß man gerade die klügeren unter den Frauen noch bis Mitte der siebziger Jahre durch bloße Theorie verführen konnte. Das kam ihm natürlich entgegen. Man brauchte nur zu wissen, wo bestimmte Hebel waren, vor allem aber, wie sie hießen, und sie dann zu bedienen, und schon ging das Licht an; davon Abschied zu nehmen, für immer, fällt schwer. Im Grunde war Quint, als ich ihn kennenlernte, kaum älter als Julian heute, und irgendwo wußte er das, so wie man manchmal weiß, daß man träumt, und spielte also Theater. Tag für Tag gab er den Erwachsenen. Keinen ließ er wissen, wie es wirklich um ihn stand. Er machte mir etwas vor, er machte seiner Frau etwas vor, er führte sich vor Julian auf, ja, sich selber schloß er aus von der Wahrheit, wenn er überhaupt wußte, daß die Wahrheit etwas anderes war als der Sand, den er streute. So könnte es gewesen sein – ich denke darüber noch nach, in dieser Halle, unbehelligt hinter meinen Tüchern. Niemand sieht mich, aber ich sehe jeden. Ich sehe eine Gruppe Schwarzer, Aktenkoffer in der Hand, wichtigtuerisch wie alle Männer; ich sehe eine weiße Familie, sie eilt durch die Halle, jeder mit Stadtplan, verschworen gegen die Fremde; ich sehe Christine. Sie kommt aus dem Aufzug, sie läuft zu den Tischen – knielanger Rock, rote Schuhe –, sie kommt immer näher. Und ich rücke ein Stück, um meinen freien Tisch noch freier zu machen.

An dieser Stelle brach der Text, wie es sich für eine Fortsetzungsgeschichte, die den Leser fesseln soll, gehört, ab. Ich versteckte die neuen Blätter in meinem Gepäck, ich erklärte Julian, es sei etwas, das ich bald im Radio vorlesen würde, ich ging zum Fenster und schaute hinaus. Christine war also hier. Und bevor sie mich traf, hatte sie Helen getroffen, wahrscheinlich steckten die beiden noch immer zusammen oder waren bereits auf dem Weg hierher. Ich überlegte mir, was geschehen müsse, damit nichts geschehe, also Christine, Helen, Julian und ich so weiterlebten wie bisher, doch ging mir nur durch den Kopf, daß es für mich nichts anderes mehr gab als zu warten – immer wieder, so sehr ich auch nachdachte, lief es darauf hinaus, bloß noch warten zu können, als sei ich am Ende oder – kaum weniger schlimm – unfähig, wirklich nachzudenken, was Helen natürlich, triumphal, recht gäbe. In dieser Lage war es darum fast erlösend, als Dr. Branzgers Stimme durch die Tür drang. Er gehe heute früh Papier besorgen, für einen noch schöneren Flieger; am Nachmittag erwarte er uns auf dem Dach. Zu einem Rekordversuch!

Julian sprang aus dem Bett, er drängte zur Tür, ich stellte mich ihm in den Weg. Bitte keine Umstände, wir seien dann womöglich schon abgereist, rief ich, doch Dr. Branzger hörte das offenbar nicht mehr. Julian zeigte mir seine offenen Hände, Zeichen dafür, daß er mich von etwas überzeugen wollte – wahrscheinlich dachte er ans Packen, an seine Mutter, an Christine. »Wir bleiben noch«, sagte ich und holte Helens Blätter wieder hervor. Ich sah sie mir jetzt an wie Beweisstücke, die ein Verbrechen erhellen; ich sah, daß es nicht zwei waren, sondern drei. Durch einen Spritzer Tee oder elektrische Aufladung hatte die dritte Seite an der zweiten gehangen.

Christine erkannte mich nicht. Sie saß mir genau gegenüber und sah, sobald sie ihre Tasse hob, geradewegs in meine Augen, die sich ja nicht verändert hatten, und alles, was ich ihr sagen wollte, blieb in mir stecken. Mit einem höflichen Au revoir erhob sie sich schließlich, sie ging auf die Straße. Natürlich folgte ich ihr, und mir fiel auf, daß sie hier wie unter einem unsichtbaren Sonnenschirm ging, kerzengerade und gemessenen Schritts, in einer etwas überholten Art von Eleganz, wie sie mir auch schon an Quint aufgefallen war – dem Süden, letztlich, nicht gewachsen. Christine strebte in die Altstadt, wo ich sie bald im Gedränge verlor. Ich suchte sie noch, ich rief sogar ihren Namen, doch es war sinnlos, sie blieb verschwunden; und da ich schon fast in der Rue Zarkoun war, lief ich nach Hause, das heißt, zu Mahbaba.

Er empfing mich wie ein Bruder, der seine kleine Schwester begehrt. Während er Tee für uns kochte, zog er mich in eine Unterhaltung über die Liebe. Mahbaba hatte nur ein Tuch um die Hüften und ließ keine Gelegenheit aus, mir seinen Körper in Bewegung zu zeigen. Als der Tee zubereitet war, legte er sich vor mir auf den Bauch und kam auf verlassene Liebende zu sprechen, die er mit zurückgelassenen Bomben verglich, mit Blindgängern, die jederzeit Unheil anrichten könnten. Ein Mann, erklärte er mir, sieht eine Frau, und diese Frau sieht diesen Mann, und beide denken, nie, nie werde ich das vergessen; und eines Tages hat die Frau es vergessen, aber der Mann weiß es noch. Mahbaba sagte dann nichts mehr und beunruhigte mich damit noch mehr. Ich sah auf ihn herunter, er schien auf einmal zu schlafen. Nur schlief er nicht im geringsten. Er wartete. Und schließlich streichelte ich seine Schultern, die wie aus schwarzen Eiern gepellt waren ...

Dem folgten noch zwei übermalte Zeilen. Auch gegen Licht gehalten, war bloß ein einziges Wort erkennbar. Glück. Unfähig, etwas anderes zu tun, als diese letzte Seite zu einer immer dichteren Kugel zu knüllen, die ich nach und nach in Fetzen riß und zwischen den Fingern zu Röllchen verrieb, um sie am Ende herunterzuschlucken, stand ich am Fenster, bis von dem Blatt nichts mehr übrig war. Danach fühlte ich mich besser. Ich dachte nun eher an eine Vergiftung als an Helen oder Christine: von der Farbe und dem Papier in meinem Magen ging jetzt die größere Gefahr aus. Ich sah nach Julian – er hatte aus seinen Buchstaben ein sinnloses Wort gebildet; ich sah aus dem Fenster. Tawfik das Köpfchen stand auf der Gasse, sein Radio am Ohr. Ich beugte mich nach draußen, weiter und weiter, bis ich die Musik erkannte, eine Klaviersonate, wahrscheinlich Brahms, und auf einmal erschien mir alles ganz leicht. Ich würde Julian an der Hand nehmen und in den Souk der Buchhändler gehen; ich würde dort Christine treffen, und wir führen ans Meer.

XV

Damit kein Mißverständnis aufkommt: ich lehne mich ab. Lange Zeit wußte ich nichts von diesem Uneinssein mit mir selbst. Ich genoß es, die eigene Stimme zu hören, und rechnete noch mit den besten Jahren. In jeder Hinsicht bereitete ich mich darauf vor, um dann, wenn sie kämen, nicht nur das Beste vom Leben entgegenzunehmen, sondern auch mein Bestes zu geben, aber sie kamen nicht, die besten Jahre; und an diesem Oktobertag, als ich Christine, meine Frau, im staubigen Souk der Buchhändler suchte, Julian, unseren Sohn, fest an der Hand, da schien es mir zum ersten Mal wahrscheinlich, daß sie auch nicht mehr kommen würden.

Während der Rufe zum Mittagsgebet, noch auf dem Höhepunkt des Gewimmels in den stickigen Gassen, bevor die ersten Ladengitter wie Fallen zuschnappten und das Geschäft der Teestuben begann, hatte ich in meiner Hand auf einmal ein Gefühl der Leere und wußte im selben Moment, daß Julian weg war. Wir hatten gerade einen Platz erreicht, von dem mehrere Wege abzweigten, und waren in einen Strom geraten, der uns vorwärtsschob, erst langsam, dann schnell, als suchten all die Menschen in ihren flatternden Gewändern das Weite, vor einer Bombe vielleicht oder fliehendem Vieh, ich konnte mir darüber nicht den Kopf zerbrechen – Julian war nicht mehr da. Ich schrie seinen Namen, ich warf mich gegen die Menge; das Licht dieses Tags schien zu erlöschen, alles Licht überhaupt, als hätte ich getötet und wäre zum Tode verurteilt. Meine Stimme überschlug sich, ich rief jetzt um Hilfe, und deutsche Urlauber eilten herbei. Ich sah in rote Gesichter, ich hörte beruhigende Worte, ja unterschied sogar Dialekte. Dann stürzte ich mich erneut in den Strom, der mir Julian genommen hatte. Die immer noch vorwärtsdrängenden Menschen, taub gegenüber meinen Schreien und Rufen, rissen mich vorwärts. Weiter und weiter schienen sie mich zu entfernen von Julian, schon stellte ich mir mein Leben ohne ihn vor, Freiheiten, an die ich mich wieder gewöhnte, meine alten Nächte in neuen Cafés, mein wochenweises Dasein, Ursache von nichts, außer dem Älterwerden. »Gib ihn mir zurück«, rief ich einem

Gott, der mir sonst gleichgültig war, zu, bereit, dafür jeden Schmerz auszuhalten... Nach Atem ringend, blieb ich schließlich im Bazar der Fleischer stehen, sekundenlang abgelenkt von dem Aufruhr in mir. Ich sah Klumpen von Fliegen auf Innereien, ich sah Ziegenköpfe auf altem Zeitungspapier. Ich sah die Fliegen, wie sie mir entgegenschwirrten, und spürte sie auf meiner nassen Haut; ich rannte, um mich schlagend, weiter. Ich rannte, das Geschwirr im Haar und immer wieder Julian! rufend, von den Fleischern zu den Gerbern und von da in die Gegend der Drucker. Ich rannte durch den Souk der Broschürenhändler, bis in die Gasse der Buchbinder und des Papiers. Dort stürzte ich von Laden zu Laden, im Zickzack und vor und zurück; ich folgte jedem Knick der Gasse, die Rue Mohammed Zekkal hieß und immer schmaler wurde. Das Schlußstück war nur noch ein Durchbruch, mehr Schlucht schon als Gasse. Zu beiden Seiten lagen die Schreibläden, die Melrose erwähnt hatte. Hinter schweren schwarzen Maschinen saßen Männer mit Turbanen und tippten Handgeschriebenes ab; Vorlagen aller Art hingen über sämtlichen Plätzen wie Wäschestücke an Schnüren, welche von Wand zu Wand reichten, als sei dies nicht der Ort für eigene Gedanken. Lediglich im letzten Laden sah ich über einem der Tische nur eine Klammer an der Schnur. Hinter diesem Tisch saß, in eine Decke oder Kutte gehüllt, Dr. Branzger mit randloser Brille, so randlos, daß mir ihr Funkeln auffiel, noch ehe ich Julian entdeckte – Julian, völlig gebannt –; seine Augen, ohne eine Spur von Verzweiflung, folgten Dr. Branzgers fliegenden Fingern. Ich war überglücklich, ich hatte ihn wieder. Doch eines Tages, denke ich, wird mir von dieser Minute des Glücks höchstens eines in Erinnerung sein – was Julian mir zurief, als er mich, der ihn verloren hatte, sah: »Nur wegen dir.«

Ich wagte dann nicht mehr, ihn zu berühren. Steif stand ich da, bis Dr. Branzger mich mit einer Kopfbewegung einlud, doch auch an seiner Seite Platz zu nehmen. Ohne sein Tippen zu unterbrechen, rückte er, ich setzte mich. Er habe Julian nach mir rufen hören, sagte Dr. Branzger und riß das Blatt aus der Maschine. Er spannte ein neues ein, er dachte einen Augenblick nach. Dann flogen seine Finger wieder über die Tasten, und er sprach weiter. Eine verschleierte Frau habe Julian an der Hand gehalten. Kaum habe er die beiden bemerkt, sei er auch schon nach draußen gestürzt. Ende gut, alles gut. Dr. Branzger sah mich an. Ich wollte ihn fragen, was er denn schreibe, aber da wußte ich es bereits; meine Stimme versagte. Ich wußte es nicht, wie man das Datum oder etwas anderes Gesichertes weiß, ich wußte es, wie man eines Morgens weiß, daß eine Liebe vorbei ist; ich schaute zu Julian und überlegte, ob ich ihn an mich reißen und weglaufen sollte, doch dieses Weglaufen erschien mir sinnlos – wenn es das Ungeheuer gab, bestand es aus einem Gedanken, der jeden Gegengedanken verschlang.

Er wäre dieser Situation gern noch etwas aus dem Weg gegangen, sagte Dr. Branzger. »Aber Kinder bringen ja immer alles durcheinander.«

Ich schwieg, soweit ich mich erinnern kann, und schaute auf das Blatt in der Maschine. Nach meiner Rechnung war es das letzte aus Helens Heft. Wie von weither klang jetzt das Tippen um mich herum, und noch ferner klang die Stimme, die zu mir sprach. Natürlich sei es nicht einfach gewesen, den Ton einer Frau zu finden, noch dazu einer so jungen und eigenwilligen. »Diese Stelle hier« – Dr. Branzger zeigte auf einen begonnenen Satz – »ist nur ein Beispiel für die Fülle der Schwierigkeiten, die eine solche Herausforderung mit sich bringt...« Er besann sich wieder auf die Arbeit, schrieb den Satz dann zu Ende und las ihn langsam vor; seine Ruhe war ein Schnabel, mit dem er mir die Augen auspickte. Dr. Branzger nahm seine Brille ab, er bat um Kritik. Wie hinter einem Knebel, der sich lockert, kehrte meine Stimme zurück. Diese angeklebte Seite sei also von ihm, sagte ich, und an Stelle einer Antwort machte er sich wieder an die Arbeit. Er tippte mit geschlossenen Augen. Ich schaute zum Nebentisch, ich wollte das alles nicht glauben, so wie man lange Zeit nicht glauben will, daß man sterben muß, aber sammelte schon Speichel, ihn Dr. Branzger ins Gesicht zu spucken. »Nein, alle Seiten«, entgegnete er. »Ich bin Helen.« Er öffnete die Augen etwas, ich sah, daß sie feucht waren. Sie schwammen in einer rötlichen Lösung, als seien es geraubte, entnommene Augen, und ich sprang auf und packte Julian. Ich drückte ihn an mich, ich hielt seinen Kopf. Dr. Branzger wandte sich um. Er nahm Julians Hand und erinnerte ihn an den Flieger, den sie noch falten wollten. Seine Fürsorge lähmte mich, ich wurde meinen Speichel nicht los. »Alles stammt von mir«, sagte er, »bis auf Helens Ansichtskarte, die hat sie selbst formuliert. Auf meinen Rat hin.«

»Wo ist Helen jetzt?«

Dr. Branzger stand auf. Er zog das Blatt aus der Maschine, er steckte es ein; dann verließ er mit uns den Laden der Abschreiber. Helen sei von einem Tag zum anderen aus seinem Leben verschwunden, so wie sie aus meinem Leben verschwunden sei. »Aber vorher hat sie sich das ganze mißglückte Jahr mit Ihnen von der Seele geredet.« Er legte mir eine Hand auf den Rücken, und ich schluckte meinen gesammelten Speichel. Ich wollte jetzt nur noch die Umstände verstehen – woher die Blätter kamen, wie sie in den Safe gelangten, wie in mein Zimmer. Und wie man so etwas einem anderen antun könne. Dr. Branzger ging langsamer, er schien um eine ehrliche Antwort bemüht. Nach einer Weile sagte er, Helen habe in seinem Beisein das Heft gekauft, so sei es leicht gewesen, ein Duplikat zu besorgen. Nur das Etikett habe er fälschen müssen, Mein Jahr mit Quint. Bei allem übrigen sei Tawfik behilflich gewesen. Dann kam er auf den letzten Punkt. Er schaute zu Boden, er entschuldigte sich; seine Stimme klang verzweifelt. Aber habe er denn nicht nur gemacht, rief er, was jeder Schreibende mache, vorspiegeln? »Und vielleicht enthält das andere Heft ja nichts anderes!«

Mir wurde übel, ich blieb stehen; ich zog aus all dem den einzig möglichen Schluß: »Also gibt es ein Original. Helens Heft existiert.« Ganz behutsam schob mich Dr. Branzger weiter, ganz leise sagte er Ja. Ich erwiderte nichts, ich setzte einen Fuß vor den anderen. Wie plötzliches Fieber durchdrang mich die Übelkeit, ich bat Dr. Branzger, mir das Kind abzunehmen. Er drückte Julian an sich und bog mit ihm in die Gasse der Fleischer. Alle Läden waren jetzt geschlossen, die Gasse gehörte den Fliegen. Zu Abertausenden saßen sie auf den Abfällen oder badeten in schwarzroten Pfützen; wie kleine, düstere Wolken standen sie über den Schwarten und Därmen, kaum merklich zurückweichend, wenn wir vorbeikamen. Dr. Branzger ging einen Schritt vor mir, eine Hand unter der Last, die er trug, die andere um den Stab geschlossen. »Was wissen Sie von Helen?« fragte ich ihn am Ende der Gasse. »Von Helen? Nur, daß sie bei jedem Wellengang ans Meer fuhr. Und abends immer leicht nach Schweiß roch. Wie eine Tänzerin, die am Schluß lachend die Arme hebt.« Ich überholte Dr. Branzger, ich verstellte ihm den Weg. Warum er mich so getäuscht habe, rief ich, warum? Er legte mir einen Finger auf den Mund und deutete an meinem Kopf vorbei, ich drehte mich um. Vor uns lag das petit hôtel de la tranquillité.

»Ich habe nur geschrieben.«

Er ging weiter, und ich hielt ihm die Tür. Dr. Branzger trug Julian nach oben, er trug ihn zum Bett. Dann verließ er, wie bei seinem ersten Besuch, rückwärts den Raum. »In zwei Stunden, zum Tee, auf dem Dach – einiges ist ja noch offen. Wie, zum Beispiel, kommen Sie an das Originalheft? Oder: Wie schaut ein Papierflieger aus, der sich nicht weiter verbessern läßt?«

Und in jenen zwei Stunden – ich hatte mich neben Julian gelegt, ganz dem stillen, warmen Nachmittag ergeben – bekam das Uneinssein mit mir etwas Endgültiges. Ich wollte nichts mehr zu tun haben mit dem, der ich war. Ich haßte mich auf einmal, wenn das nicht zu hochgegriffen ist; vielleicht war es ja auch nur Ekel vor einem Mann, der sich nicht zu wehren vermag, gepaart mit einer Art Schadenfreude wegen des Triumphes der Begabung (Dr. Branzger) über die Vortrefflichkeit (eines Schönsprechers wie ich). Und dann genügte wieder die bloße Tatsache, daß ich solche Dinge an mir beobachten konnte, um mich in einen Zustand zu versetzen, wie er mich während eines Konzerts überkommt, wenn ich das Werk der Musik plötzlich verstehe ... Julian schlug die Augen auf. Er sah mich an, aber schien nicht bereit, wacher zu werden. »Erzähl vom Ungeheuer«, bat er. Ich nahm sein Gesicht in die Hände, ich sagte, »Schlaf weiter. Das Ungeheuer ist jetzt auf dem Dach, von dem aus man das Dach sieht, von dem du dann den Flieger wirfst.«

»Und was macht es?«

Ich bedeckte Julians Augen, ich erzählte ihm, es stehe da und schaue hinüber. In voller Größe stehe es da, unbewegt, bis auf seine atmende Brust. »Und niemand außer uns kann es dort sehen«, sagte ich, während Julian schon wieder schlief. Ich nahm meine nassen Hände von ihm. Schweißgebadet stand ich auf, mir war schwindlig. Ich ging ans Fenster, ich suchte Wind. Doch die Luft war reglos, so wie sich auch auf der Gasse nichts regte, als herrsche, trotz des Lichts, tiefe Nacht. Der Haß auf mich ließ nicht nach, ich überlegte mir, wer daran schuld war. Natürlich fiel mir die Kindheit ein. Der erste Mensch, der sich von uns zurückzieht, zunächst minutenweise, dann ewige Stunden lang, bald darauf, süße Lügen gebrauchend, für Tage, schließlich, ob anwesend oder nicht, unwiderruflich, macht aus uns, nach und nach, was wir nie sein wollten. Das ist klar. In jeder Zeitschrift wird es heute breitgetreten. Nur: was mich geschaffen hat, wie ich bin, dieser Fluch der Enge, der auf mir lastet – statt wahrer Lasten aufgrund von Krieg oder historischem Irrtum wie bei Dr. Branzger, dachte ich –, muß nicht festgehalten werden; es lohnt nicht einmal die Erwähnung. Droßlungen, Aufschübe, Gnadenfristen, daraus bestand mein Tag für Tag neu gekittetes Leben. Eine Bewegung, ähnlich der Bewegung, die eine Hypnose beendet, holte mich aus meinen Gedanken. Jemand lief über die Gasse. Es war die Gestalt in dem braunen Kapuzenkleid; sie eilte in den Schatten eines Haustors. Sie schaute zu mir.

Ich lehnte mich weit nach draußen, so weit, wie es ging, und winkte, doch da drehte sich die Gestalt auch schon weg und verschwand zwischen Mauern, und ich wollte noch Helen! rufen, Warte doch, Helen!, als mir einfiel, es könnte auch Christine sein oder eine ganz fremde Person. Unfähig, einen der beiden Namen zu rufen, unfähig auch, aus dem

Zimmer und nach unten zu rennen, Christine oder Helen einzuholen, unfähig, die geringste Entscheidung zu treffen, stand ich jetzt am Fenster, sprachlos, ein Tier fast, und folgte schließlich auch einem Instinkt, ich holte mein Junges.

Julian war nun der einzige Halt, den ich hatte. Fern aller Gedanken liebte ich ihn, wie ein Kind seine Mutter. Das allein gab mir Kraft, Christines und meine Nummer zu wählen, dreizehnstellig, rief man vom Ausland aus an. Ich hatte mir noch kein erstes Wort überlegt, als durch ein Knistern im Leitungslabyrinth der Medina das verläßliche deutsche Signal kam. Einen Augenblick lang war ich gerührt, dann war es, als stoße man mich auf einen Balkon ohne Brüstung; fünfmal ertrug ich das Zeichen, fünfmal stand ich am äußersten Rand. Vor dem sechsten Mal legte ich auf. Unsere Wohnung war, wie gesagt, groß. Erst das sechste Freizeichen hieß: Keiner zu Hause oder: Jetzt nicht. Ich wollte zum Bett zurück, ich streifte die kalkige Wand; und wie durch einen Finger, der sich schnell auf meine Zunge schob, drehte sich mir der Magen um. So leise, daß Julian nicht wach wurde, erbrach ich einen flockigen Brei.

XVI

Barfuß, nur in seiner Kutte, kroch Dr. Branzger, als ich mit Julian gegen Abend das Dach betrat, aus seinem so gut wie fertigen Zelt, und schon wieder vergaß ich für kurze Zeit, was er mir angetan hatte. Er sagte nichts, er kratzte sich nur zwischen den Schulterblättern, an der am schwersten zu erreichenden Stelle; erneut war feiner Sand herangeweht worden und erhob sich, bei jedem Luftzug, zu kleinen Gestöbern über dem Boden. Dr. Branzger blies den Zelteingang sauber und erklärte dann die Konstruktion. Zentrale Stütze war sein Hirtenstab, als sei er entschlossen, für immer hier oben zu leben. Von der Spitze des Stabs gingen, sternförmig, Wäscheleinen ab, die jeweils dort endeten, wo sie sich am besten befestigen ließen; so entstand, mit ausrangierten Bettüchern über den Leinen, eine kaum zu vergleichende Form. Nach dem Gang um sein Werk bat mich Dr. Branzger mit arabischer Höflichkeit ins Innere des Zelts, wo es sich Julian schon auf einer Decke bequem gemacht hatte, in seinen Händen das Papier für den Flieger, der sich nicht mehr verbessern ließe. Außer dieser Decke gab es auch ein Kissen und eine Schreibunterlage (mit zwei wie in Behörden an Bindfäden befestigten Bleistiften), sowie einen Gaskocher, etwas Plastikgeschirr und eine Karbidlampe. Dr. Branzger zeigte mir noch die Lüftung, die durch Schlitze erfolgte; aus seinen Augen sprach der unvermeidliche Stolz aller Burgen- und Baumhausbauer auf ihre Arbeit. Melrose, sagte er – spätestens hier fiel mir auf, daß er die Anrede wegließ –, befürworte diesen Umzug. »Natürlich in der Hoffnung, mein Zimmer an einen zahlenden Gast zu vermieten.«

Wir verließen das Zelt wieder, Julian folgte uns mit dem Papier, stumm vor Erwartung. Dr. Branzger spannte ein Vordach auf, dann bat er um das Papier. Er setzte sich und begann mit dem Falten. Nach dem ersten Knick hielt er inne und sah über die Stadt. Helens Geschichte sei im Grunde schon lange in ihm gewesen; er gehöre nicht zu den Künstlern, die sich entwickeln. Er faltete weiter, und ich fragte ihn, ob Helen noch in Tunis sei und wo ich sie finde. Dr. Branzger wiegte den Kopf, als gebe es darauf keine einfache Antwort, und machte, wie aus Inspiration, rasch ein paar Knicke an Tragflächen und Rumpf. Helen habe in letzter Zeit die Einsamkeit gesucht, das sei ihm von anderer Seite berichtet worden.

»Von ihrem Liebhaber Mahbaba?«

»Er war nicht ihr Liebhaber. Mahbaba steht über dem Sex. Er ist einer der wenigen Menschen, die es nicht weiter kümmert, daß ihr Körper keine geschlossene Sache ist, sondern eine löchrige. Ich zähle auch zu diesem Kreis.«

Dr. Branzger hob den zu Ende gefalteten Flieger, ein deltaförmiges Modell, gegen das Licht und erklärte Julian die Wirkung der Kläppchen und Aussparungen, die er noch, durch Krümmungen und Risse, den Flügeln hinzufügte oder ihrer Gesamtfläche nahm, ehe er Fertig! sagte und danach etwas tat, das kein Kind einem Erwachsenen nachsieht; nur Julian zeigte, völlig überraschend, Verständnis für den Vorschlag, den neuen Flieger nicht sofort, was hieße bei anbrechender Dunkelheit auszuprobieren, sondern erst morgen, im hellen Licht und warmen Mittagswind, vom höchsten Turm der Stadt segeln zu lassen. »Das wird ein Fest«, rief sein Erbauer und legte den Flieger ins Zelt.

Ich schloß Julian in die Arme, ich glaubte, ich

müsse ihn trösten. Doch schien er in Gedanken schon auf dem Turm, von dem der neue Albatros über die ganze Medina schwebte, um am Ende zurückzukehren, wie Dr. Branzger, während er Teewasser aufsetzte, versprach. Ob das nicht übertrieben sei, sagte ich auf französisch; und wie er annehmen könne, ich überließe ihm Julian für diesen Versuch. Dr. Branzger überging meine Fragen. Er bat mich, ihm beim Straffen der Zeltleinen behilflich zu sein, es sei Wind gemeldet worden, und Julian löste sich von mir, damit ich Gelegenheit hätte zu helfen. Schweigend machten wir uns an die Arbeit – Bergkameraden, die ihr Biwak errichten – und schwiegen noch, als alles vertäut war. Erst nachdem wir den Tee gekostet hatten, brachte Dr. Branzger die Unterhaltung wieder in Gang. »Ich werde Sie bitten, mir das Männchen zu überlassen, und Sie werden so nett sein; vorher besorge ich Ihnen das Originalheft. Dann sind Sie während unserer Abwesenheit beschäftigt.«

Ich wollte Julian wieder an mich drücken, doch Julian war ins Zelt gegangen. Für einen Augenblick spielte ich mit dem Gedanken, auf der Stelle das Hotel zu wechseln und alles zu vergessen, was in den letzten Tagen geschehen war. Aber statt dessen fragte ich Dr. Branzger, ob nun sein Lotterielos gewonnen habe oder nicht. »Zum Glück nein«, antwortete er. »Denn man stelle sich nur dieses Elend vor – Geld im Alter von fünfzig als die eigentliche Leidenschaft zu entdecken!«

»Besser reich als arm.«

Dr. Branzger zündete die Karbidlampe an. »Hören Sie mir zu. Als ich in den Westen kam, aß ich zum ersten Mal Babygemüse und blutjunge Lämmlein, frisch aus dem Mutterleib gerissen; winzige, von jeder Abnutzung verschonte Filets, umlegt mit Möhrchen, wenig größer als die Finger eines Säuglings, dazu Kartoffeln, klein und rund wie Murmeln. All dies ergab einen halbweichen, zimtfarbenen Stuhl, dem ich zunächst kaum Beachtung schenkte, so mühelos und geruchsarm, wie er entwich. Und genau das ist der Unterschied zur Armut, wenn Sie mir folgen können: Plötzlich fand sich keine pechschwarze Scheiße mehr unter mir. Ich konnte den Westen buchstäblich mit Händen greifen und vermißte mein schönes, schmutziges Dresden. Wie liebte ich es bei schlechtem Wetter. Seine rußigen Fassaden im Graupel. Der schwarze Zwinger. Die schwarze Elbe. Das Kino am Hauptbahnhof, ein Brikett.«

Dr. Branzger schenkte noch etwas Minzetee nach; ich fragte ihn, ob er unglücklich sei, und er sagte, Nein, im Gegenteil. Er habe keine Verwandten mehr, er sei glücklich.

»Und Ihr verschollener Bruder?«

»Der bin ich selbst.«

»Sagten Sie nicht, Sie machten Gedichte?«

»Früher. Allerdings ich bin nach wie vor Dichter. Das ist mein Geschlecht: lyrisch, nicht männlich.«

»Ich verstehe.«

»Sie verstehen zu schnell.«

»Im führenden deutschen Geistesblatt fand man meinen Namen nur unter einer Rubrik, die Klassenbucheinträge heißen könnte. Sollte jedoch der Tod in nächster Zeit den Schlußstrich unter mein Schreiben ziehen, würde ich sogleich zur Legende. Wenn es einen Himmel gibt, bin ich ihm nahe. Vor Ihnen sitzt ein Sträfling der Götter.« Die letzten Worte hatte er geflüstert. Jemand kam um das Zelt. Mahbaba.

Der Schwarze grüßte auf deutsch und ging dann vor uns in die Hocke, wobei er seine Ellbogen bequem auf die Knie legte, als sei er sein eigener Stuhl. Wir grüßten leise zurück, und Dr. Branzger brühte neuen Tee auf. Bis die Minzeblätter gezogen hatten, sagte keiner ein Wort. Danach erzählte Mahbaba eine seiner Nord-Süd-Geschichten. In diesem Fall ging es um ein ganzes afrikanisches Volk, das sich auf Wanderschaft befinde, nicht nur hungrig und in Lumpen, sondern auch tödlich verseucht. Torkelnde Skelette, die bereits die nördlichen Savannen durchquert hätten, auf den aufgesprungenen Lippen ein einziges Wort – Mahbaba zeigte uns das Weiße in seinen Augen und murmelte Der Rhein, um dann, wie durch innere Federn, vom Boden hochzuschnellen. Er ging zum Rand des Dachs, wo er sich erneut niederließ; seine sanfte Sportlichkeit beschäftigte mich mehr als all seine Prognosen. Dr. Branzger erriet wieder einmal meine Gedanken.

»Ein Mensch, der auf Helen natürlich gewirkt hat.«

»Machte Sie das eifersüchtig?«

»Eifersucht? Kannte ich schon.«

»Positivist.«

»Was man erlebt hat, hat man erlebt, man kann es lassen. Sogar die Liebe.«

Julian trat aus dem Zelt, er ging zu Mahbaba. Nein, rief ich. Es gebe keinen Ersatz für die

Liebe, wie es keinen Ersatz für den Schlaf gebe! Dr. Branzger strafte mich mit seiner Lache. Wer sich einbilde, er könne den Gedanken zur Liebe auch nur einen einzigen neuen hinzufügen, sei größenwahnsinnig. Ich erwiderte nichts; ich sprang auf, Julian zu holen. Der Schwarze hatte ihn auf seine gepriesenen Schultern genommen. Gemeinsam schauten sie über die Dächer. »Komm«, sagte ich, und Julian machte eine wegwerfende Geste, wie wenn Christine ihn hatte und ich dazwischentrat, doch jetzt erfüllte mich diese Geste mit Wut. Wütend zerrte ich ihn herunter und kam mir, kaum zog sich Mahbaba zurück, nur noch dumm vor. Julian weinte, als zöge man ihn vom Fernseher weg, während sich angewehter Sand auf seinem Haar absetzte; erst allmählich merkte ich, daß er mir etwas sagen wollte. Ich merkte es an seiner Art, den Kopf zu schütteln – fassungslos, wie jemand nicht begreifen konnte, was doch für ihn, im Augenblick, die Welt ausmachte. Meine Hand suchend, zeigte er über die Dächer, und da wußte ich alles. Stumm und einander haltend, warteten wir auf das Erscheinen des Ungeheuers.

Ich wäre dort noch lange gestanden, vielleicht bis zum anderen Morgen, Julian im Arm, doch er selbst erklärte nach einiger Zeit unser Warten an diesem Tag für beendet. Er bat mich, ihn auszuziehen und vom Sand zu befreien und noch etwas aufbleiben zu lassen, und fügte diesen Bitten – meine Bereitschaft, ihm entgegenzukommen, ganz und gar ausschöpfend – noch eine Bitte hinzu: die Nacht in dem Zelt verbringen zu dürfen. Danach schloß er, von vornherein jede Einsicht ablehnend, die Augen. Mir blieb nur Zustimmung übrig, sie wurde mir leicht gemacht; während Dr. Branzger das Lager für Julian bereitete, brachte Tawfik das Köpfchen neben Obst und Gebäck und einer Sonate aus seinem Radio auch eine Flasche handwarmer Milch sowie eine der Wasserpfeifen aus dem Bestand seiner Mutter. Und damit begann die vorletzte Nacht meiner Reise mit Julian. Eingerahmt von Mahbaba und Tawfik, der bald das Mundstück an mich weitergab, saß ich auf dem Boden und hörte Dr. Branzger zu. Bis leises Schnarchen durch das Zelttuch drang, erzählte er hinter meinem Rücken noch Fliegergeschichten.

Fast gleichzeitig machten dann Melrose, die mit Wein und Broten aufs Dach kam, und Dr. Branzger, der, selbst schon vom Schlaf angesteckt, blinzelnd aus seinem Zelt trat, unsere kleine Bande vollzählig. Wir aßen und tranken, wir verdauten und rauchten. Und während das Mundstück reihum ging und sich Tawfiks Speichel mit meinem vermengte, zogen der Wind und die vereinzelten Worte, die fielen, durch mich hindurch, als sei ich selbst nur aus Luft oder Worten gebildet. Erst als Dr. Branzger erzählte, wie Julians Augen nach und nach zugefallen seien, gab es ein Echo in mir. Sie sei so rätselhaft, die See des Einschlafens, sagte er. »Da treibt man lange auf dem Wasser, und plötzlich, niemand hat es an sich selbst je bemerkt, zieht einen etwas nach unten. Kaum sprach ich davon, daß Julian morgen, als Pilot, mit von dem Turm schwebte, schloß sich der Schlaf über ihm.«

Melrose – sie war an meine Seite gerückt, was mich stolz machte – bestätigte diese Worte mit einer eigenen Geschichte. Sie erzählte uns, ins Englische wechselnd, von Tawfik, der heute noch bis zum Umfallen wachbleibe, wenn sie ihm nicht in den Schlaf helfe, durch zeitraubende Anwesenheit. Aber wer kein Kind habe, wer das nicht kenne, sei nur ein Zaungast des Lebens, sagte sie, worauf sich Dr. Branzger ruckartig an mich wandte. »Gerechtigkeitssinn«, flüsterte er. »Ich habe das alles aus Gerechtigkeitssinn gesagt und geschrieben. Lauter gerechte Lügen.«

Er ergriff meinen Arm, er zog mich hoch, wir gingen ein Stück; kaum waren wir hinter dem Zelt, zog er sich die Kutte aus und wandte sich ab. Ich sah seinen Rücken. Nicht jenes Schiff mit acht Segeln oder wenigstens ein Anker bedeckte die Haut, sondern eine Schüssel mit acht dampfenden Knödeln. »Ich wurde getäuscht. Erst als alles vorbei war, hielt man mir einen Spiegel hin. In einem Gefängnis am Main. Ich war dort wegen Bücherdiebstahls; ich komme aus derselben Stadt wie Sie, der mit den Türmen. Ich schrieb Gedichte und einen Roman, ich schrieb kleine Beiträge für eine Zeitschrift, die einging. Danach war ich am Ende. Von meinem letzten Geld machte ich Urlaub und lernte Madame Melrose kennen. Sie war sofort gut zu mir, ich erinnerte sie an ihren Mann. Melrose verzieh mir sogar, daß ich nicht mit ihr schlief; seit ich dieses Bild auf dem Rücken trage, war es damit vorüber. Ich versuchte hier wieder zu schreiben, doch fehlten mir Stoff und Leser. Bis Helen kam. Und schließlich Sie.« Dr. Branzger zog die Kutte wieder an und drehte sich um. Er verneigte sich wie ein Dichter vor seiner Gemeinde und versprach mir dann Helens Originalheft – es liege morgen früh, mit Hilfe von Tawfik, in meinem Zimmer. Er verneigte sich noch einmal und führte mich schließlich zurück in die Runde, als hätte er mir nur den Mond gezeigt.

Mahbaba hatte jetzt wieder das Wort. Nicht viel lauter als das Rieseln des Sandes vom Zeltdach erzählte er seine Geschichte von den Skeletten, die gen Norden torkelten, weiter, und ich rückte bei jeder Pause enger an Melrose heran; ich tat mir leid, weil ich Dr. Branzger begegnet war, so wie mir Dr. Branzger leid tat, weil man ihn zu Menschen gesteckt hatte, die ihm seinen Rücken wegnahmen; Melrose hielt meine Hand, bis Mahbaba zu einem vorläufigen Ende kam, als eine Vorhut aus Kindern, halbtot, den Rhein erreicht hatte. Danach war jeder mit seinen Gedanken allein. Nur Julians Schnarchen und ein Zirpen durchdrangen die Stille, und ab und zu, kaum hörbar, noch ein Knistern aus dem Radio wie von letzten verirrten Wellen im Äther. Es war die Stunde des Tiefschlafs, die alles erfaßte. Unsere Körper waren müde, das sah man, und unsere Herzen, auch wenn man es nicht sehen konnte, bereit, sich gehen zu lassen.

Ich lehnte mich an Melroses Schulter, ich schaute auf ihre Hände. Wie um eine Kugel aus hauchdünnem Glas lagen sie um den Kopf von Tawfik.

Erst als jemand aufstand, konnte ich mich von dem Anblick lösen. Es war Dr. Branzger. Er lief zum Rande des Dachs und ging dort wie Mahbaba in die Hocke, nur daß er kaum merklich schwankte. Manchmal schien es sogar, als würde er stürzen, während sich vor ihm, in den Farben einer Muschel, vielleicht die letzte große Sonne des Jahres anbahnte. Als nächste stand dann Melrose auf. Sie nahm Tawfik an die Hand und schaute mich an, und noch einmal vergaß ich diesen ganzen, für mich jetzt erst zu Ende gehenden Tag; noch bevor der neue Tag richtig anbrach, folgte ich Melrose auf ihr Zimmer mit den Hollywoodfotos.

XVII

Mit der Liebe ist es wie mit jedem Wahnsinn, sie ist immer auch ein Stück vorgetäuscht. In diesen Morgenstunden, die noch der Ausklang einer überzogenen Nacht waren – schwere Vorhänge verbannten das Licht des neuen Tags aus Melroses Zimmer –, fiel alles Vorgetäuschte von mir ab. Ich liebte die Frau, in deren Armen ich lag. Das Ergebnis war ein Schock, ähnlich dem Schock, wenn man nach langer Zeit die Plätze seiner Kindheit wiedersieht. Weit entfernt von dem, was das Natürlichste gewesen wäre, lag ich auf ihrem warmen Körper, während sie nach Gründen suchte, die meinen männlichen Stolz und, was mir erst später aufging, auch einen weiblichen Stolz schonen sollten. Ich zwang mich zu anderen Gedanken. Ich dachte an Helens Heft, das mir ja gleich bei der Ankunft in die Hand gedrückt worden war, und fragte mich, warum. Warum, wenn nicht in Dr. Branzgers Pläne einbezogen, hatte mich Melrose mit diesem Blick auf das Heft infiziert? Und warum verbarg sie ihr

Gefühl für Dr. Branzger? Wie lange kannten sich die beiden? Im Grunde wollte ich das alles nicht wissen; ich zog es vor, mich streicheln zu lassen. Eine Weile forschten wir noch nach den Ursachen meiner Schwäche, dann wechselte Melrose Stellung und Thema. Ganz ohne Grund – es sei denn, mein Zustand hätte sie daran erinnert – erwähnte sie noch einmal ihren Anlauf zum Filmstar. Melrose sprach, während sie mich nun von der Seite erwartete, von einem Alptraum, den sie nie bereut habe. Sie sprach langsam, fast schleppend, und schien dabei müde zu werden. »So jung war ich und wollte so viel«, sagte sie. »Alles, was ich jetzt erst, seit wir uns kennen, bekomme.« Damit schloß sie die Augen, und mir graute einen Moment lang vor ihr, so wie es einem Sänger, der nicht singen kann, vor seinem Publikum graut. Melroses Atem, ihrem Alter gemäß etwas rascher als meiner, kitzelte mich in immer gleichen Abständen. Sie schlief.

Vorsichtig, erst die Füße wegziehend, dann Beine und Arme, rückte ich von ihr ab. Nichts läßt mich schneller verzweifeln als ein schlafender Mensch, wenn ich selbst schlafen will. Er flößt mir den ganzen Schrecken des Liegens ein, jener Haltung, die meine letzte sein wird. Ich knipste die

Bettlampe an, ich sah die Fotos auf dem Nachttisch. Da war das eine mit den Stechpalmen, den zwei Männern und Melrose; daneben ein etwas größeres, das sie als Mädchen zeigte, mit Vater und Mutter; halb verdeckt davon stand noch ein drittes Foto, wiederum Familienbild, Melrose nun als reife Frau. Erst erkannte ich nur sie, dann die zwei anderen Personen, die eine, im Schatten stehend, Dr. Branzger, bei Melrose untergehakt, die andere, halb abgewandt, Helen, an Melrose geschmiegt. Das Bild war am Meer entstanden, an einem Tag mit Brandung. Dr. Branzger, in weiße Tücher gehüllt, schien glücklich. Mit seinem aufgewehten Haar sah er fast aus wie auf dem Bild, das er mir beim Essen gezeigt hatte, verspielt. Seine freie Hand wies auf Helen, die einen Badeanzug trug; zum ersten Mal sah ich ihre Beine. Sie hatte sie gekreuzt und stand dabei auf Zehenspitzen, wodurch sie Melrose ein Stück überragte. Ich schob das Foto mehr ins Licht, ich wollte Helens Augen sehen. Aber sie hatte, wie gesagt, den Kopf leicht verdreht, sie schaute aufs Meer. Ich sah nur ihren Blick und ihre Wange, ein Stück der Stirn und etwas vom Mund und zweifelte plötzlich, ob sie es überhaupt war – welchen Sinn ergäbe das auch,

Helen mit Dr. Branzger und Madame Melrose beim Baden? Je länger ich die junge Frau auf dem Foto ansah, desto mehr wurde ich irre an ihr. Allein die Art, in der Melrose einen Arm um sie legte, offenbar bereit zu glauben, daß ihre Tochter noch lebte, gab mir schließlich die Gewißheit, daß es nur Helen sein konnte, die dort mit neuen Eltern stand. Ich schob das Bild zurück, ich machte das Licht aus. Nichts paßte mehr zusammen; und sicher paßte auch ich allenfalls auf ein Foto. Ich beugte mich über die schlafende Melrose. Schon seit einigen Jahren, seit mein Leben absehbar war, hatte ich es geahnt: daß Menschen nicht mehr eins sind, wenn sie älter werden. Ich war es auf jeden Fall nicht, Melrose war es nicht, Dr. Branzger war es nicht; verwischt waren wir alle. Ich legte mich wieder hin, und Müdigkeit überkam mich wie eine Erlösung vom Leiden des Wachseins. Mein letzter gefaßter Gedanke war, daß ich eigentlich auf dem Dach sein müßte, Julians Schlaf zu bewachen, bevor die Gestalt im braunen Kapuzenkleid in mir auftrat. Sie hob mich auf ihr Geleise, und alles rollte davon.

Ich schlief dann mehrere Stunden (die mir bis heute fehlen, vergleichbar den Stunden während einer Operation) und erwachte durch Melroses Lippen am Ohr.

Aus der kleinstmöglichen Entfernung flüsterte sie mir zu, sie sei glücklich, und ich solle ebenso glücklich sein wie sie, keiner könne uns diese Nacht nehmen. Und während sie noch so flüsterte, graute es mir erneut, nun bei dem Gedanken, wie weit ich entfernt war von dem, was Melrose verlangte. Ich schwieg, und sie küßte mich; überall küßte sie mich, zum Nachteil keiner einzigen Stelle, auch nicht der Stelle meines Versagens, wo ihre Küsse kein letztes verzweifeltes Mittel waren, sondern der Friedensschluß mit diesem Teilchen, das nicht hinauswuchs über mich. Ich fühlte mich jetzt lebensgefährlich verletzt. Statt Blut verlor ich eine Liebe, die mir keine Frau zurückgeben konnte, weder Christine, die für mich zu erwachsen war, noch Melrose, in der ich zu versickern drohte, und schon gar nicht Helen, die mich leichtsinnig machte, bis ich sie an mich zog, gewaltsam, und sie davonlief; immer deutlicher wurde mir, daß es nur einen einzigen Menschen gab, den ich, ohne mich zu verirren oder ihn zu verstricken, heute so lieben konnte wie morgen, das hoffte ich jedenfalls in diesem Moment. Ich hoffte es so innig, daß ich leise seinen Namen rief – einmal, zweimal, dreimal Julian – und meine Kinderstimme wiederhatte, ein Piepsen, über das Melrose erschrak, als hätte sie eine gewaltige Narbe an mir entdeckt. Sie zog ihre Hände zurück und stand auf, warf sich ein Tuch um und öffnete, mit einem Ruck, den Vorhang; unser Abschied, soviel begriff ich.

Nichts als Licht, eine Flut, wie sie nur in Zimmer strömt, wenn die Sonne schon hoch steht, bestimmte dann die nächsten Sekunden, mein Taumeln und Nichtwissen wohin, mein Fluchen, weil dieser Tag mir zerrann, während sich Melrose, ihr Haar ausschüttelnd, offenbar aufrichtig freute, am Leben zu sein und diese letzte Wärme zu begrüßen. Sie pfiff ein Lied und reichte mir Hose und Hemd, sie kämmte mich mit den Fingern und entließ mich mit einem Klaps; »Never mind«, sagte sie, und schon eilte ich durch den Gang vor ihrem Reich und die Treppen hinunter, überzeugt, gleich auf Julian zu stoßen, als hätte ich nur eine Zeitung geholt, bis ich die Türklinke drückte und wußte, das Bett wäre leer, und Helens Heft, wie an seiner Stelle, im Bett liegen sah.

Das Heft zu nehmen, es aufzuschlagen, nur leere Seiten zu sehen, nach vorn zu blättern, den Anfang zu finden, endlich das erste Wort zu lesen – Widmung – war eine jener Handlungen, bei denen man glaubt, sie nähmen kein Ende, wie etwa das Suchen eines passenden Schlüssels. Für alle Quints dieser Welt, stand hinter Widmung, wiederum getippt, doch auf einer anderen Maschine, kein deutsches Modell, denn Für war mit ue geschrieben. Vergessen, hieß es dann in der Zeile darunter, ist harte Arbeit, ich lerne sie gerade. Ich versuche, ein halbes Leben zu vergessen oder wenigstens ein knappes Jahr, kein Wort zu verlieren ueber dreihundertsechzig Tage vergeblichen Redens; sie haben mich muede gemacht, nichts wuensche ich mir mehr als Schlaf. Ich bin es muede, dass man mich mit Liebe ueberzieht wie mit Krieg, ich bin es muede, mich zu wehren. Noch mueder bin ich es, mir wegen dieses Kriegs schwarze Raender ueber die Augen zu malen und, darauf angesprochen, auch noch rot zu werden; ich versuche, meinen Vater zu vergessen, von dem mir nichts als ein gesenkter Blick geblieben ist, die Scham. Er steckte voll von ihr und bewarf mich damit. Alle moechte ich vergessen, die mir ihr Kreuz aufgedrueckt haben. Abschuetteln moechte ich den Streit meiner Eltern, das Eis aus Quints Ehe, die Religion von Mahbaba und Dr. Branzgers ganzen Jammer. Ich bin es muede, Gottes unbekannte Tochter zu sein. Ich will mich, schlafend, davon erloesen, bis ich eines Morgens erwache und frei bin, ohne Erinnerungen, ohne Herkunft, ohne Fingerabdruecke. Und neu erschaffen, fern jeder Angst, werde ich in die Heimat zurueckkehren und dort nur einen aus meiner frueheren Zeit auf der Strasse wiedererkennen, auch wenn aus ihm, dem Kind, ein Knabe oder junger Mann geworden ist.

Es folgte noch etwas, doch ich las nicht mehr weiter. Das Heft in der Hand, lief ich wie um mein Leben aufs Dach.

XVIII

Doch auch das Zelt war leer. Weiß, leer und still stand es im Herbstlicht, inmitten eines Dachs, auf dem sich nichts regte, außer dem Sand, wenn ihn ein Lufthauch, Körnchen für Körnchen, über den Boden schob. Tatenlos sah ich dem zu, ich weiß nicht, wie lange. Als ich nach einer Weile an den Rand des Dachs trat, unter dem Hemd Helens Heft, unfähig, darin weiterzulesen, und auf französisch Wieviel Uhr ist es? rief, trieb ich einem Höhepunkt von Lähmung entgegen. Das war, wie ich von unten hörte, um drei. Etwa zehn Minuten später erreichte ich dann diesen Höhepunkt. Ich hatte mich wieder dem Zelt zugewandt und sah Dr. Branzger in einem braunen Gewand mit Kapuze, allein.

»Es ist etwas geschehen«, sagte er.

Und dann sagte er nichts mehr, sondern zog die Knoten der Zeltschnüre nach, und ich fragte ihn, »Was ist geschehen?«, worauf sein Schweigen eine furchtbare Bedeutung bekam; noch im selben Moment warf ich mich auf Dr. Branzger, der sofort zu Boden ging. Ohne jede Gegenwehr – selbst seine Hände hoben sich nicht schützend – lag er mit den Achseln zwischen meinen Knien, und Ekel überkam mich, wie ich ihn nur einmal erlebt hatte, als sich der Klassenschwächste unter mir wand, bereit, jeden Schlag zu empfangen. Wo er Julian habe, schrie ich, und Dr. Branzger breitete die Arme aus und schloß seine Augen. So vollkommen verwundbar lag er jetzt unter mir, daß ich aufgab. Ich ließ mich neben ihn fallen, ich flehte ihn an, die Wahrheit zu sagen, und schließlich wandte er mir das Gesicht zu. »Wir waren bereits auf dem Rückweg, da wollte Julian noch einmal auf den Turm. Er zog und zerrte, und ich gab nach. Wir machten kehrt, und bald begegneten uns mehr und mehr Menschen. Vor der großen Moschee gerieten wir in einen Auflauf. Unzählige verlangten die Wiedereinführung alter Gesetze. Völlig aufgebracht liefen sie durcheinander, Männer und Frauen, schon heiser vom vielen Geschrei. Und plötzlich ein Rempeln, ein Drängen, und Julian war weg. Ich suchte ihn auf dem ganzen Platz, ich suchte ihn sogar in der Moschee; ich stieg auf den Turm, ich lief durch alle Gassen in der Nähe, doch die Menge wurde immer dichter und die Blicke auf mich, den Ungläubigen, immer böser, bis ich dieses Kleidungsstück kaufte, das billigste seiner Art, man warf es mir geradezu nach.« Dr. Branzger stand auf, er machte ein paar Schritte. »Natürlich suchte ich die nächste Polizeistation und fand sie verschlossen; alle Polizisten seien wegen der Kundgebung unterwegs, hörte ich. So blieb mir nur, hierher zu kommen.« Er schwieg, als warte er auf ein Wort der Entlastung, doch das einzige, was mir gelang, war ebenfalls Schweigen. An seinem Kopf vorbei schaute ich über die Altstadt.

Der späte Nachmittag war angebrochen. Auf allen Simsen drängten sich schon Vögel, ein Gewimmel im gläsernen Licht, während die Luft noch drückte; für den Abend waren Gewitter angesagt. Ich folgte Dr. Branzger an den Dachrand. Ob dies die Wahrheit sei, rief ich, worauf er mich, o ja flüsternd, an sich zog und ich ihn fragte, wo Helen sei, ich hätte nun ein Recht, das zu erfahren, denn nur Helen könne jetzt noch helfen: sie kenne Julian und jede Gasse der Altstadt... Dr. Branzger ließ mich los. Er sah über die Kante, auf den Abtritt zwischen den Häusern, er beugte sich wieder zurück. Dann schlug er vor, zuerst über das Heft und später über Helen zu reden, und ich sagte, das erübrige sich. Oder habe er nicht gelesen, was darin stehe?

»Dazu kam ich nicht mehr; ich habe es geschrieben.«

»Sie lügen!«

»Wenn Sie das wünschen – also was schreibt Helen? Etwas, das Ihnen Kitzel bereitet? Gewissermaßen mit dem Munde verfaßt« – Dr. Branzger zeigte mir seine Zunge und schob sie flink hin und her, während ich Sand zusammenscharrte –, »Helen besaß ja Talent, so wie sie schwieg über ihre Arbeit. Für den Mangel an Talent bietet sich immer eine kleine Philosophie an, sie hatte keine. Sie schrieb. Und ich vermute, über Männer, die Männer, die sie hier sah. Wir machten übrigens die gleichen Beobachtungen. Viele Moslems sind so geil, daß sie hinken; zur Ablenkung rauchen sie pausenlos. Und wenn sie's dann einmal tun, hörte ich, tun sie es mit einer Zigarette im Mund, ohne daß die Asche abfällt. Allein daran zu denken muß einer Frau schon Übelkeit bereiten. Doch es beschäftigt sie auch, besonders wenn sie neugierig ist. Sobald es Abend wurde, lief Helen in die Medina. Wo immer sie erschien, Gesicht und Arme unbedeckt, hob ein Geflüster an. Man spekulierte über ihr Geschlecht; man zog Vergleiche. Zart wie der Schleim auf einer Forelle...«

Ganz von selbst, doch mit aller Kraft, die ich aufbringen konnte, als sei ein letzter Damm in mir gebrochen, warf ich Dr. Branzger, kaum hatte er geendet und mich angesehen, den Sand ins Gesicht. Er stieß einen Schrei aus, mehr der Überraschung als des Schmerzes, und preßte seine Hände auf die Augen, wobei er langsam weitersprach. Alles erfunden, sagte er, Helen habe nie etwas Derartiges erzählt. Aber man traue ihr eben jede Passion zu. Darum auch: Gottes unbekannte Tochter.

»So schreibt kein Mann!«

»Irrtum« – Dr. Branzger ging jetzt ein Stück, noch immer die Hände über den Augen –, »denn zum Schreiben muß man am Leben sein. Und ich fürchte, Helen ist nicht mehr am Leben. Ich fürchte, Helen ist tot. Vieles spricht für eine gewöhnliche Badetragödie. Helen bat mich, sie ans Meer zu begleiten; ein Tag wie heute, von allen Himmelsrichtungen Gewitterdrohung. Sie schwamm bei Wellengang zu weit hinaus. Außer mir lag niemand am Strand, und mir waren die Hände gebunden: ich kann nicht schwimmen. Natürlich habe ich die Sache für mich behalten. Einzige Zeugen haben schnell Scherereien.«

Ich stieß ihn vor die Brust, ich schrie, das sei Lüge. Er taumelte, und ich sprach von dem Foto auf Melroses Nachttisch. Das Meer mit Brandung, weit und breit nur drei Personen – wieder stieß ich ihn vor die Brust, wieder taumelte Dr. Branzger –, er, Helen und Madame Melrose; das letzte Bild vor dem Tod. »Ihr habt sie ersaufen lassen!« Meine Stimme überschlug sich; plötzlich war auch Julian für mich schon ertrunken. Dr. Branzger schüttelte heftig den Kopf. Dieses Foto sei älter, viel älter. Ich stieß ihn ein drittes Mal, ich fragte, wie alt, und er sagte, fast ein Jahr sei es alt; er selbst wohne hier schon eineinhalb Jahre, es könnten auch zwei sein. »Helens Erscheinen erschwerte natürlich die Beziehung zu Melrose. Wir einigten uns dann, in ihr eine Art Tochter zu sehen. Melrose hat damit leider schon die zweite Tochter verloren. Jedenfalls gilt Helen als verschollen, was zu ihr paßt.«

Ich packte Dr. Branzger, ich wollte ihm die Hände von den Augen reißen. »Verschollen«, rief ich, »wie mein Kind?«

»Ihr Männchen wird wiederkommen. Und Helen wird auch wiederkommen. Warum sollten die beiden nicht wiederkommen? Womöglich kommen sie auch zusammen wieder. Ich könnte mir vorstellen, daß unser Kleiner bei Helen ist, hier ganz in der Nähe, wo Helen – wer weiß – ihr neues Leben hinter Schleiern führt, wo sie all das geschrieben hat, was in dem Heft steht, alles, was ein Mann wissen muß ...« Ich ließ ihn los, ich rannte um ihn herum. Warum er lüge, schrie ich, warum er so sei; warum er dieses Heft für mich geschrieben habe, warum er ohne Julian zurückkomme. »Warum tun Sie mir das alles an?« Dr. Branzger spuckte Sand aus, er flüsterte, es werde nicht wieder vorkommen. Dann trat er an die Kante und bat mich, ihn zwischen den Schulterblättern zu kratzen. Er wandte mir den Rücken zu, ich setzte meine Hand in Bewegung – Lauf der Dinge, dachte ich noch, der unbedingt aufzuhalten war – und brachte die Bewegung, mit einem Ruck, zu Ende. Danach prägte sich mir zweierlei ein. Erstens, daß Dr. Branzger nicht schrie; zweitens, daß er, die Hände immer noch über den Augen, wie auf ein Wasser zustürzte und mit der Stirn auf den Abtritt schlug. Ich stand am Dachrand, ich schaute hinunter. Niemand schien mich zu sehen, und niemand schien Dr. Branzger zu sehen. Wir waren allein. Kaum verrenkt, doch das Haar voller Blut, lag er auf dem schimmrigen Boden, und ich empfand etwas Neid. Was immer er gewesen war, nun war er es nicht mehr.

Ich beneidete ihn noch, als ich unbemerkt aus dem Haus kam. Längst war es Abend, und die Dunkelheit schob sich über jeden Winkel der Altstadt. Ich wollte Julian schreien, aber schämte mich meiner Verzweiflung. Ziellos rannte ich dann und wußte, ich käme zu spät; ich rannte durch die Schächte der Souks, ich rannte von Gasse zu Gasse. Je mehr sich meine Kraft erschöpfte, desto wacher wurde mein Sinn. Ich hatte einen Mann getötet und ein Kind verloren, ganz nah, ganz winzig war mein Horizont geworden, und doch rannte ich weiter und weiter. Erst ein Stechen in Lungen und Seiten ließ mich, schweißverklebt, vor einem Tor stehenbleiben. Ich drückte die Stirn an das Holz, ich boxte gegen die Beschläge. Ich steigerte meinen Schmerz und glaubte mich bald restlos verlassen; so stand ich an das Tor gelehnt, bis dieser Glaube gestört wurde, von einem Ton zunächst nur, dann einer

Folge von Tönen, schließlich einer Melodie. Sie stimmte mit mir so überein, daß mich wieder Hoffnung erfüllte.

Erst als der Satz zu Ende war – eine Cellosonate, die ich niemandem zuordnen konnte –, bog Tawfik das Köpfchen um die Ecke, ebenso wenig überrascht, mich zu sehen, wie ich ihn. Er steckte das Radio ein und ergriff meine Hände, er pustete auf die geplatzten Stellen. Anschließend behielt er mich gleich an der Hand, und ich erwartete, von ihm gelenkt, ein Wunder. Es schien, als wüßte Tawfik genau, wo er mich hinzubringen hätte. Unser Weg führte an winzigen, wie für Kinder gebauten Moscheen vorbei, ging, über Treppchen und Stiegen, durch versteckte Gärten mit ihrem Rascheln und Gezirpe in den Hecken, und folgte schmaler und schmaler werdenden Gassen, bis plötzlich Lichter auftauchten und in den Lichtern Trauben von Männern, genau wie beim ersten Mal, nur daß Tawfik bei mir war anstatt Julian. Melroses Sohn – immer wieder versuchte ich daran zu denken – machte jetzt Schritte, als seien wir kurz vor dem Ziel. Er führte mich an dem Eierhändler vorbei, er führte mich an den rauchenden Frauen vorbei, er bog in eine Nebengasse; er führte mich in einen Eingang. Dort sagte er, ich solle warten, und ging. Eine Zeitlang hörte ich noch sein Radio, dann nur noch mein Herz.

Ich wartete voll Hoffnung, ich verbot mir jeden Gedanken, wie sinnlos es sei, in dem Eingang zu stehen. Aufkommender Wind trieb mir Laub vor die Füße. Es war immer noch schwül, und ich dachte an das Gewitter. Es würde alle Spuren auf dem Hoteldach löschen und Julian, falls er noch umherirrte, umbringen. Ich zwang mich zu glauben, er sei in der Nähe, und traute mich dann sogar, an ihn zu denken. Je länger ich in dem Hauseingang stand, immer mehr Laub vor den Füßen, desto schärfer wurde mein Denken, und ein starkes Gefühl des Lebendigseins trat, momentelang, an die Stelle der Angst. In diesen Momenten sah ich Julian, wie er in der Früh aus seinem Zimmer wankte, wie er mit halboffenen Augen, mehr schlafend noch als wach, den kürzesten Weg zwischen Kommoden und Tischkanten fand, ein Kinderakrobat, und dann in meine Arme fiel, mir einen Traum zu erzählen, der immer noch Macht über ihn hatte; sogar eines dieser unabgeschlossenen Träume konnte ich mich entsinnen und wollte eben Julians Worte wiederholen, Da läuft ein Tiger auf die Straße, als hinter mir ein Licht anging. Ich drehte mich um.

Vor einer steilen Treppe saß ein Mann auf einem Schemel. Er war alt und dick und trug einen über die Knie gekrempelten Burnus. Die Schenkel schienen wie aus einer Masse; wo sie einander berührten, war eine braune Paste entstanden. Auch seine Füße schienen verschmolzen, zu einem brandigen Klumpen. Nur die Haut im Gesicht, fast heller noch als die von Melrose, war durch nichts angegriffen. Der Mann hob eine Hand und ließ sie gleich wieder sinken, als sei sie zu schwer. Etwas Unberührbares ging von ihm aus. Ich sah das alles auf den ersten Blick, noch ehe ich die Hoffnung verlor, Julian zu finden. Der Mann forderte mich auf, näher zu kommen. Er hatte die Stimme, die ich eigentlich verdiente. Ein fettes Kind sprach zu mir. Ich solle hinaufgehen, am Ende der Treppe sei eine Tür. Und in der Tür – er deutete auf meine Augen – befinde sich ein Loch zum Schauen. Er hielt die Hand auf und zeigte mir einen Geldschein, und ich fragte, ob er einen Jungen gesehen habe, etwa vier, oder irgend etwas gehört habe von einem Jungen, ob er mir helfen könne, ich sei der Vater und suchte mein Kind und gäbe alles, wenn ich es fände, doch er wedelte nur mit dem Geld, und ich gab ihm die Summe, und er ließ mich vorbei.

Noch einmal keimte in mir, als ich nach oben stieg, etwas Hoffnung. Ich ließ mir Zeit; gegen Ende der Treppe sah ich kaum mehr die Stufen. Das einzige Licht fiel durch das Loch in der Tür. Ich tastete mich bis an den Anfang des Strahls und schaute. Ein Mann lag auf einer Frau, die auf einem Bett lag – Löcher im Bettuch schlossen und dehnten sich bei jedem Auf und Ab des Mannes. Die Frau selbst bewegte sich nicht. Ihr Gesicht war zur Wand gedreht, während der Mann zur Decke blickte. Dort hing, soweit ich es sehen konnte, das Bild eines Mädchens. Der Mann ließ es keinen Moment aus den Augen. Unablässig hob er den Blick und glich in seinem Warten auf Erlösung den Mystikern auf alten Bildern; in der Sekunde seiner Lust erlosch in mir jede Hoffnung.

So rasch ich konnte, stieg ich die Treppe hinunter, lief an dem Mann auf dem Schemel vorbei und eilte ins Freie, fort von diesem Haus und fort aus dem Lichterbezirk, bis ich nur die Wände der Gassen sah, darüber das Dach eines sternlosen Himmels. Der Wind hatte zugenommen, und einzelne Tröpfchen fielen, dabei schien es immer wärmer zu werden. Ich rannte nun wieder und wunderte mich, daß mein Herz weiterschlug. Ich war verloren, aber lebte; kein Mensch wußte, wo ich war, so wie ich nicht wußte, wo Julian war. Beide gab es uns nicht mehr. So wie es Dr. Branzger nicht mehr gab, wenn es ihn je gegeben hatte – ein einziger Mensch, Melrose, würde ihn vermissen, ich bedauerte sie. Ihr blieb nur noch Tawfik, dem nichts mehr zustoßen konnte. Ich zweifelte tatsächlich, ob es den Mann mit dem Hirtenstab gegeben hatte; wessen Leben da eigentlich, nach einem schwachen Stoß in den Rücken (den ich wiederholen würde), zu Ende gegangen war, wußte ich nicht. Aber ich hatte Angst, es könnte das Leben des Mannes gewesen sein, der mit Melrose und Helen am Meer war, das eines Vaters, der seine Tochter aus den Wellen gezogen hätte. Ich glaubte nicht, daß sie ertrunken war; Helens Tod schien mir so unwahrscheinlich wie mein Erwachen aus diesem Alptraum. Ich rief ihren Namen, ich spürte ihr Heft. Vielleicht war sie wirklich nicht weit, und vielleicht war ihr auch Julian in die Arme gelaufen, es gab schon größere Zufälle. Niemand antwortete meinen Rufen, und ich rief lauter. Noch immer fielen Tropfen wie aus undichten Stellen eines Kessels, und bröseliges Sommerlaub wehte mir ins Gesicht. Aus Leibeskräften rief ich jetzt nach Julian, doch die verwesungsreife Luft schien undurchdringlich. Und da fiel mir Gott wieder ein, und ich warb für mich mit meinem ganz privaten Beweis für sein Wirken. Im Zufall der Geburt sähe ich das eigentliche, durch Menschenverstand nie zu lösende Rätsel der Schöpfung – warum ich, ausgerechnet, ich sei, der ich diese Nacht nicht überleben wollte, wenn Julian nicht lebte, statt als Tawfik das Köpfchen auf der Welt zu sein, könne mir niemand erklären, rief ich und glaubte daran. Für alles, meine Ehe mit Christine und das Geheimnis mit Helen, meine Gefühle für Melrose und die Tat, die ich begangen hatte, aber auch daß ich in diesem Moment, während mich Darmkrämpfe befielen, in eine schwach beleuchtete Gasse trat, bei mir ein Heft, das ich gegen mein Kind getauscht hatte, gab es eine Erklärung – für mich, der ich darin gefangen war, gab es sie nicht.

Ich hockte mich und leerte meine Därme, ich half mir mit dem Papier, das ich hatte. Dann setzte ich mich unter eins der Birnchen, die in den Bogengängen brannten. Ich war in der Rue Zarkoun, also lag das Hotel in der Nähe. Hatte man Julian aufgegriffen, war er jetzt dort. War er in der Kundgebung untergegangen, starb er vielleicht gerade, niedergetrampelt und liegengeblieben. Das ärgste Wort, das ich kenne, ist Todeskampf; ich konnte an kein anderes mehr denken, bis ich die übrigen Blätter ins Licht hielt.

XIX

Habe ich schon gesagt, wie sehr ich Julian liebte? Was fuer ein Zauber ging von seinem Schlaf aus! Wer gibt mir das Jahr zurueck, das ich mit ihm verbrachte. Wenn wir spaetnachmittags vom Fluss kamen (den wir nie beim Namen nannten, um ihn ganz Fluss sein zu lassen), beladen mit welken Blaettern und Hoelzchen, kleinen Fundstuecken auf unserem Gang zu den Enten und Schwaenen, liebten wir uns; wenn wir am Abend, beide im Kinderzimmer, der eine aus kurzem Schlummer, der andere aus unruhigem Schlaf erwacht, einander Traeume erzaehlten, die noch nicht vorbeizusein schienen, liebten wir uns. Und wie oft streichelte ich dann seine Hand, um zu sehen, wie er meine, im Gegenzug, streichelte. Und in diese Hand wurde mir bald darauf Geld gedrueckt, immer ein wenig zu viel, das sagte ich schon, weil Quint wohl etwas von dem Unbezahlbaren ahnte, das ich fuer Julian empfand – der alte Schicksalsschwindler Dr. Branzger brachte mich auf diesen Gedanken.

Und so unvorbereitet mich dann die Trennung von Julian traf, so wenig vorbereitet war ich auf das Glueck des Wiedersehens. Ich spreche von dem Augenblick, als mir Julian, im Licht einer makellosen Oktobersonne, am Ende der Rue de la Kasbah begegnete; pausenlos und heiser schon schrie er den Namen seines Vaters, ein besessener Zwerg, vor dem die Menschen zurueckwichen. Ich nahm ihn fest in die Arme, ich sprach ihm gut zu, ich zeigte ihm sogar mein Gesicht. Doch Julian schrie, dass ihm die Augen vortraten, er schrie nun einfach Nein; schon blieben Deutsche stehen, und ich hoffte, er wuerde meine Geschichten noch kennen, die ich vom Fluss erzaehlt hatte . . .

Neue Krämpfe durchliefen mich, ich legte die Blätter zusammen. Mir blieb nur der Weg zum Hotel. Die Rue Zarkoun führte in einem Bogen bergab. Sie führte an der Schenke vorbei, in welcher immer noch Männer, jetzt ohne jeden Lärm, wie Eingekerkerte tranken, sie führte an Mauern entlang, über die ein durchdringender Duft fiel, als wüchsen auf der anderen Seite Blumen. In gewissen Abständen gab es Türen, und der Duft nahm noch zu; meine Krämpfe kamen und gingen. Ich machte kleine schnelle Schritte, wie manche

Frauen sie machen, und blieb dabei dicht an den Mauern. Im Vorbeigehen berührte ich einen Stein, der spitz aus dem Kalk stand, und er brach vollständig ab. Ich hörte ihn noch kollern, bis er zu liegen kam, und hörte ihn dann wieder kollern. Ich drehte mich um. Hinter mir ging ein Mensch, er war wohl aus einer der Türen gekommen. Ich wollte schon weiter, doch da sah ich den Umriß seines Gewands – ein aufwärts gerichteter Keil – und blieb stehen. Die Gestalt im braunen Kapuzenkleid kam auf mich zu, ich erkannte das Tuch, das sie über Nase und Mund trug. Zwei Schritte trennten uns noch, als die Gestalt plötzlich stehenblieb, während ich schon die Hand hob, ihr Tuch und Kapuze herunterzureißen. Was dann folgte, war die Sache weniger Sekunden, vielleicht nur einer einzigen Sekunde, in der mein Leben vollkommen offen schien, eines Abgrundmoments, in welchem sich, ein für allemal, entschiede, wer ich bin; doch entschied sich nur, wer zuerst weiterging. Ich.

Ich ging, so schnell der Mensch gehen kann, ohne zu rennen, ich drehte mich nicht mehr um. Der Wind hatte sich fast gelegt, überall schwebte aufgewirbeltes Laub herab, ein leise raschelndes

Meer über mir, und ich griff in die Luft, eins der Blättchen zu fassen, vergebens. Darauf nahm ich mein Gesicht in die Hände, nur um nicht doch über die Schulter zu schauen, und das erste Spiel, das Julian, kaum konnte er reden, erfand, fiel mir ein. Du hast meinen Kopf, ich hab deinen Kopf. Ich hatte jetzt seinen Kopf, voll von meinen Geschichten. Hinter mir ging das Ungeheuer. Ich hörte keine Schritte mehr, doch es war da, es lebte, so wie es für Julian lebendig war, und konnte mir jeden Moment einen Stoß in den Rücken versetzen, nicht stärker als der Stoß in Dr. Branzgers Rücken, nur stark genug, mich vom Weg abzubringen; die Zarkoun-Gasse machte jetzt einen Bogen, ihr Gefälle nahm zu. Immer noch führte sie an Mauern entlang, immer noch gab es dort Türen, die vielleicht nur angelehnt waren, die nachgeben würden, sobald ich den Stoß erhielte, und hinter mir zufielen. Und was mich dann erwartete, wollte ich wissen und blieb stehen vor einer der Türen.

Mein Atem beruhigte sich. Hinter mir war alles still, so still, als sei dort nichts, das glatte Meer, die Wüste, ein Krater, und auch jenseits der Mauer kein Laut. Ich lehnte mich an die Tür, und schon sprang sie auf, aber ich sah nicht das geringste. Da war nur der starke Duft, ich nahm an, nach Jasmin (oder klammerte mich an den Halm dieses Worts). Und da war ich, zu allem bereit, wenn es mir Julian wiedergäbe; wer immer jetzt hinter mir stand, einfacher konnte ich es ihm nicht machen. Ich schloß dann auch noch die Augen und hielt meine Angst vor dem, was mir drohte, dieser tiefen Stille hinter mir und dieser tiefen Stille vor mir, schon für das Ende jener Folge von Tagen und Nächten in Tunis (sieben?), die man ein stufenweises Erwachen nennen könnte, mündend in einen Aufwärtssturz, wie bei Tauchern, die zu rasch an die Oberfläche gelangen, aber es war nicht das Ende – ich drehte mich um, ich sah die leere Gasse, ich ging weiter; jeden einzelnen Schritt, den ich tat, wie ein kleines fortgesetztes Wunder erlebend, das Wunder, der zu sein, der ich, immer noch durch diese Nacht ziehend, jetzt wieder mit meinem Kopf, war, und dies auszuhalten, lief ich bergab.

Spröder Grillengesang begleitete mich auf dem letzten Stück zum Hotel. Dort war nichts ungewöhnlich. Blaß und ein wenig gebauscht hing auf dem Dach die trocknende Wäsche, also war Melrose oben gewesen. Und trotzdem kein Licht, keine Gendarmerie, allein die Laken, wie ruhige

Wolken. Noch bevor ich die Tür erreichte, sah ich, daß sie nur angelehnt war, und hörte, schwach, die Haffner-Sinfonie. Ich trat ein. Neben der kleinen Portiersloge saß Melroses Sohn auf einem Stuhl, im Schoß das Radio. Sein Köpfchen lag im Nacken, der Mund stand offen, er schlief. Ich holte meinen Schlüssel, ich zog die Schuhe aus, ich eilte in den ersten Stock. Das Zimmer war leer. Ich ließ meine Schuhe fallen, ich eilte weiter. Zwei, drei Stufen nahm ich auf einmal, Julian rufend trat ich aufs Dach, wahllos sah ich mich um. Das Zelt war eingesunken, das Dach bedeckt mit glänzendem Laub; der Mond, fast senkrecht über meinem Kopf, schien jetzt durch Wolkenlücken. Ich ging zu der Stelle über dem Hohlgang, ich beugte mich über die Kante. Auch in der Tiefe war alles voll Laub. Nur etwas kleines Helles schimmerte durch die Decke der Blätter, ein Stück Stoff oder etwas Papier in Form eines O, als sei da ein Buchstabe vom Dach geweht worden, Malheur infolge des Winds. Langsam schritt ich an der Kante entlang, immer noch den Stoß erwartend. Doch da geschah nichts, da kam keine Hand, da war nur ich selber, und schließlich setzte ich mich vor die Trümmer des Zelts. Meine Krämpfe waren vorüber, mein

Vorrat an Angst schien erschöpft; ich war am Ende, und es ging mir seltsam gut. Kein Teil meines Körpers tat weh, ich spürte ihn gar nicht. Auch als ich mich in die Hand kniff, tat das nicht weh, und schon glaubte ich, dies sei nun das Aus, die Verflüchtigung meiner Vernunft, aber es waren nur Gedanken, letzte Versuche, mich nicht zu ergeben. Und vielleicht hätte ich dann auch nichts anderes getan als geschrien (was auch immer), wären da nicht die übrigen Seiten gewesen; so saß ich auf dem sandigen Boden und konnte sie auseinanderfalten, konnte mich ins Licht drehen und erfahren, wie es weiterging. Aber zurueck zur Rue de la Kasbah, wo mir Julian, Gott weiss durch welchen Zufall, beinahe in die Arme lief... Eine Wolke zog vor den Mond, ich wartete etwas. Wieder hörte ich nur noch mein Herz und dann, zwischen zwei Schlägen, ein Geräusch, das gleichfalls aus mir kam oder aus mir kommen mußte und doch fremd klang, als klappe eine innere Tür. Ich stand auf, ich lief ein Stück. Das Licht reichte wieder zum Lesen.

XX

Wie aus dem Nichts aufgetaucht, stand er da, in seinen Augen eine tiefe Muedigkeit, ich wagte nicht zu atmen. Einen Moment nur beglueckte mich dieses Wiedersehen, dann sah ich die Einsamkeit um ihn. Er war schon gestorben vor Angst, und ich fragte mich spaeter, an welchen Gedanken er sich noch geklammert haben mochte in seinen letzten Minuten. An Christines Erscheinen vielleicht oder auch nur ihren Namen, an dieses erste Wort fuer Lieben, bis er begriff, dass alles Geliebtsein jetzt nichts mehr bedeutete, nur Trug und Luege war. Ich zog ihn dann an mich, aber wich seinem Blick aus – dem eines oelverpesteten Vogels? –, ich sprach ihm ins Ohr; wieder und wieder sagte ich, alles sei nun vorbei, aber er glaubte mir nicht. Immer noch einsam schrie er nur Nein, und ich nahm mir das Tuch von Nase und Mund. Er sah in mein Gesicht, doch erkannte es nicht; darauf ging ich ein Stueck, ihn in den Armen, und seine Schreie wurden leiser. Und als er nur noch keuchte, da begann ich nicht von

Quint und Christine zu sprechen, sondern erzaehlte von den Enten und Schwaenen, bis ich seine Haende spuerte. Sie griffen nach meinem Haar, und kaum lauter, als mir das Herz schlug, sprach Julian mich an. Wirst du dich auch um mich kuemmern, wenn ich schlafe?

Damit endete die Seite, damit endete das Heft. Ich ordnete die letzten Blätter, ich knickte sie der Länge nach. Ich formte daraus Rumpf und Flügel, ich faltete einen Flieger. Und mit diesem Flieger trat ich an die Kante des Dachs, ihn weit in die Nacht zu werfen und mich mit ihm. Ich verstärkte die Flügel noch und holte dann aus, da hörte ich erneut das Geräusch einer inneren Tür. Ich drehte mich um; ich wagte nicht zu atmen.

*

Ein erstes Kind, das ist die Zeit, in der ein Augenblick zum anderen paßt, das immer gleiche Opfer. Das ist das Haar auf einem Kopf, in dem alles noch frei ist, das ist der Ältere, der nicht zum Ungeheuer wird; vorbei am Ungeheuer fällt er dem Kind in den Schoß. Das ist der Fall, der vielleicht auf mich zukommt.

Frankfurt, Herbst und Winter 1991/92.

Deutschsprachige Literatur in den suhrkamp taschenbüchern: Prosa

Eine Auswahl

Andreas-Friedrich, Ruth: Der Schattenmann. Tagebuchaufzeichnungen 1938-1945. Mit einem Nachwort von Jörg Drews. st 1267
Augustin, Ernst: Der amerikanische Traum. Roman. st 1840
Bachmann, Ingeborg: Malina. Roman. st 641
Baur, Margrit: Ausfallzeit. Eine Erzählung. st 1617
Becker, Jurek: Der Boxer. Roman. st 526
– Bronsteins Kinder. Roman. st 1517
– Irreführung der Behörden. Roman. st 271
– Jakob der Lügner. Roman. st 774
Beig, Maria: Kuckucksruf. Roman. st 1825
– Rabenkrächzen. Eine Chronik aus Oberschwaben. Roman. Mit einem Nachwort von Martin Walser. st 911
– Die Törichten. Roman. st 2219
Benjamin, Walter: Walter Benjamins Städtebilder. Fotografiert von Anna Blau. Mit einem Nachwort von Peter Szondi. st 1966
Berkéwicz, Ulla: Adam. st 1664
– Josef stirbt. Erzählung. st 1125
– Maria, Maria. Drei Erzählungen. st 1809
– Michel, sag ich. st 1530
Bernhard, Thomas: Amras. Erzählung. st 1506
– Auslöschung. Ein Zerfall. st 1563
– Beton. Erzählung. st 1488
– Erzählungen. st 1564
– Frost. st 47
– Holzfällen. Eine Erregung. st 1523
– Das Kalkwerk. Roman. st 128
– Korrektur. Roman. st 1533
– Der Untergeher. st 1497
– Wittgensteins Neffe. Eine Freundschaft. st 1465
Blatter, Silvio: Das blaue Haus. Roman. st 2141
– Kein schöner Land. Roman. st 1250
– Love me Tender. Erzählung. st 883
– Das sanfte Gesetz. Roman. st 1794
– Zunehmendes Heimweh. Roman. st 649
Braun, Volker: Hinze-Kunze-Roman. st 1538
– Unvollendete Geschichte. st 1660
Brecht, Bertolt: Dreigroschenroman. st 1846

253/1/11.93

Deutschsprachige Literatur in den suhrkamp taschenbüchern: Prosa

Brecht, Bertolt: Flüchtlingsgespräche. st 1793
– Geschichten vom Herrn Keuner. st 16
Broch, Hermann: Die Verzauberung. Roman. st 350
– Der Tod des Vergil. Roman. st 296
– Die Schlafwandler. Eine Romantrilogie. st 472
Buch, Hans Christoph: Haïti Chérie. Roman. st 1956
– Tropische Früchte. Afro-amerikanische Impressionen. Erstausgabe. st 2231
Burger, Hermann: Brenner. Roman. st 1941
– Der Schuß auf die Kanzel. Eine Erzählung. st 1823
Cailloux, Bernd: Der gelernte Berliner. Erstausgabe. st 1843
Camartin, Iso: Nichts als Worte? Ein Plädoyer für Kleinsprachen. st 1974
Dorst, Tankred: Die Reise nach Stettin. Mitarbeit Ursula Ehler. st 1934
Enzensberger, Hans Magnus: Ach Europa! Wahrnehmungen aus sieben Ländern. st 1690
– Der Fliegende Robert. Gedichte, Szenen, Essays. st 1962
– Mittelmaß und Wahn. Gesammelte Zerstreuungen. st 1800
Faes, Urs: Sommerwende. Roman. st 1922
Federspiel, Jürg: Die Ballade von der Typhoid Mary. st 1983
– Geographie der Lust. Roman. st 1895
– Die Liebe ist eine Himmelsmacht. Zwölf Fabeln. st 1529
Fleißer, Marieluise: Abenteuer aus dem Englischen Garten. Geschichten. Mit einem Nachwort von Günther Rühle. st 925
– Gesammelte Werke in vier Bänden. st 2274-2277
– Eine Zierde für den Verein. Roman vom Rauchen, Sporteln, Lieben und Verkaufen. st 294
Franke, Herbert W.: Der Elfenbeinturm. Science-fiction-Roman. st 1926
– Die Gla sfalle. Science-fiction-Roman. st 2169
Frisch, Max: Blaubart. Eine Erzählung. st 2194
– Homo faber. Ein Bericht. st 354
– Mein Name sei Gantenbein. Roman. st 286
– Der Mensch erscheint im Holozän. Eine Erzählung. st 734
– Montauk. Eine Erzählung. st 700
– Stiller. Roman. st 105
– Tagebuch 1946-1949. st 1148
– Tagebuch 1966-1971. st 256
Fritsch, Werner: Cherubim. st 1672

253/2/11.93

Deutschsprachige Literatur in den suhrkamp taschenbüchern: Prosa

Genzmer, Herbert: Cockroach Hotel. Ängste. st 1243
– Manhattan Bridge. Geschichte einer Nacht. st 1396
Goetz, Rainald: Irre. Roman. st 1224
– Kontrolliert. Roman. st 1836
Hänny, Reto: Am Boden des Kopfes. Verwirrungen eines Mitteleuropäers in Mitteleuropa. st 2210
Handke, Peter: Die Angst des Tormanns beim Elfmeter. Erzählung. st 27
– Der Chinese des Schmerzes. st 1339
– Falsche Bewegung. st 258
– Das Gewicht der Welt. Ein Journal. st 500
– Der Hausierer. Roman. st 1959
– Der kurze Brief zum langen Abschied. st 172
– Langsame Heimkehr. Tetralogie. st 1069-1072
– Die linkshändige Frau. Erzählung. st 560
– Die Stunde der wahren Empfindung. st 452
– Versuch über den geglückten Tag. Ein Wintertagtraum. st 2282
– Versuch über die Jukebox. Erzählung. st 2208
– Versuch über die Müdigkeit. st 2146
– Wunschloses Unglück. Erzählung. st 146
Happel, Lioba: Ein Hut wie Saturn. Erzählung. st 2217
Hesse, Hermann: Aus Kinderzeiten. Gesammelte Erzählungen Band 1. 1900- 1905. Zusammengestellt von Volker Michels. st 347
– Beschreibung einer Landschaft. Schweizer Miniaturen. Herausgegeben und mit einem Vorwort versehen von Siegfried Unseld. st 1970
– Demian. Die Geschichte von E. Sinclairs Jugend. st 206
– Der Europäer. Gesammelte Erzählungen Band 3. 1909- 1918. Zusammengestellt von Volker Michels. st 384
– Gertrud. Roman. st 890
– Das Glasperlenspiel. Versuch einer Lebensbeschreibung des Magister Ludi Josef Knecht samt Knechts hinterlassenen Schriften. st 79
– Innen und Außen. Gesammelte Erzählungen Band 4. 1919-1955. st 413
– Kindheit und Jugend vor Neunzehnhundert. Hermann Hesse in Briefen und Lebenszeugnissen. 1. Band: 1877- 1895. Ausgewählt und herausgegeben von Ninon Hesse. st 1002
– Kindheit und Jugend vor Neunzehnhundert. Hermann Hesse in Briefen und Lebenszeugnissen. 2. Band: 1895-1900. Herausgegeben von Ninon Hesse. Fortgesetzt und erweitert von Gerhard Kirchhoff. st 1150

253/3/11.93

Deutschsprachige Literatur
in den suhrkamp taschenbüchern:
Prosa

Hesse, Hermann: Kleine Freuden. Verstreute und kurze Prosa aus dem Nachlaß. Herausgegeben und mit einem Nachwort von Volker Michels. st 360
– Klingsors letzter Sommer. Erzählung. st 1195
– Lektüre für Minuten. Gedanken aus seinen Büchern und Schriften. Ausgewählt und zusammengestellt von Volker Michels. st 7
– Lektüre für Minuten. Neue Folge. Gedanken aus seinen Büchern und Briefen. Herausgegeben von Volker Michels. st 240
– Die Märchen. Zusammengestellt von Volker Michels. st 291
– Die Morgenlandfahrt. Eine Erzählung. st 750
– Narziß und Goldmund. Erzählung. st 274
– Peter Camenzind. Erzählung. st 161
– Siddhartha. Eine indische Dichtung. st 182
– Der Steppenwolf. Erzählung. st 175
– Die Verlobung. Gesammelte Erzählungen Band 2. 1906-1908. st 368
Hessel, Franz: Heimliches Berlin. Roman. Nachwort von Bernd Witte. st 2269
Hettche, Thomas: Ludwig muß sterben. Roman. st 1949
Hildesheimer, Wolfgang: Marbot. Eine Biographie. st 1009
– Masante. Roman. st 1467
– Mozart. st 598
– Tynset. Roman. st 1968
Hohl, Ludwig: Die Notizen oder Von der unvoreiligen Versöhnung. st 1000
Horstmann, Ulrich: Das Untier. Konturen einer Philosophie der Menschenflucht. st 1172
Horváth, Ödön von: Jugend ohne Gott. st 1063
– Sechsunddreißig Stunden. Die Geschichte vom Fräulein Pollinger. Roman. st 2211
– Sportmärchen und anderes. st 1061
Hürlimann, Thomas: Die Tessinerin. Geschichten. st 985
Johnson, Uwe: Das dritte Buch über Achim. Roman. st 169
– Mutmassungen über Jakob. Roman. st 147
– Eine Reise nach Klagenfurt. st 235
– Zwei Ansichten. st 326
Kaminski, André: Flimmergeschichten. st 2164
– Die Gärten des Mulay Abdallah. Neun wahre Geschichten aus Afrika. st 930
– Kiebitz. Roman. st 1807
– Nächstes Jahr in Jerusalem. Roman. st 1519

253/4/11.93

Deutschsprachige Literatur in den suhrkamp taschenbüchern: Prosa

Kaschnitz, Marie Luise: Liebesgeschichten. Ausgewählt und mit einem Nachwort versehen von Elisabeth Borchers. st 1292
– Steht noch dahin. st 57
Kirchhoff, Bodo: Die Einsamkeit der Haut. Prosa. st 919
– Infanta. Roman. st 1872
– Mexikanische Novelle. st 1367
Koch, Werner: See-Leben. 3 Bände in Kassette. st 783
Koeppen, Wolfgang: Amerikafahrt. st 802
– Jakob Littners Aufzeichnungen aus einem Erdloch. Roman. Mit einem Vorwort des Autors. st 2267
– Die Mauer schwankt. Roman. st 1249
– Tauben im Gras. Roman. st 601
– Der Tod in Rom. Roman. st 241
– Das Treibhaus. st 78
Kolleritsch, Alfred: Die grüne Seite. Roman. st 323
Kracauer, Siegfried: Georg. Roman. Mit einem Nachwort von Christian Döring. st 1868
– Ginster. Roman. st 1767
Kraus, Karl: Hüben und Drüben. Aufsätze 1929-1936. Herausgegeben von Christian Wagenknecht. st 1328
– Die Stunde des Gerichts. Aufsätze 1925-1928. Herausgegeben von Christian Wagenknecht. st 1327
Kreuder, Ernst: Die Gesellschaft vom Dachboden. Erzählung. Mit einem Nachwort von Klaus Schöffling. st 1280
Krüger, Horst: Diese Lust am Leben. Zeitbilder. Erstausgabe. st 2263
Kühn, Dieter: Stanislaw der Schweiger. Roman. st 496
Laederach, Jürg: Laederachs 69 Arten den Blues zu spielen. st 1446
Lenz, Hermann: Andere Tage. Roman. st 461
– Der innere Bezirk. Roman in drei Büchern. st 2159
– Jung und Alt. Erzählung. st 1935
Leutenegger, Gertrud: Ninive. Roman. st 685
Mayer, Hans: Ein Deutscher auf Widerruf. Erinnerungen. Band I. st 1500
– Ein Deutscher auf Widerruf. Erinnerungen. Band II. st 1501
– Der Turm von Babel. Erinnerung an eine Deutsche Demokratische Republik. st 2174
Mayröcker, Friederike: Die Abschiede. st 1408
Meyer, E. Y.: In Trubschachen. Roman. st 501
Meyer-Hörstgen, Hans: Hirntod. Roman. st 1437

253/5/11.93

Deutschsprachige Literatur in den suhrkamp taschenbüchern: Prosa

Morshäuser, Bodo: Die Berliner Simulation. Erzählung. st 1293
– Blende. Erzählung. st 1585
Muschg, Adolf: Albissers Grund. Roman. st 334
– Gegenzauber. Roman. st 665
– Leib und Leben. Erzählungen. st 2153
– Das Licht und der Schlüssel. Erziehungsroman eines Vampirs. st 1560
– Liebesgeschichten. st 164
– Noch ein Wunsch. Erzählung. st 735
– Der Turmhahn und andere Liebesgeschichten. st 1630
Nachwehen. Frauen und Männer mit Kindern. Verständigungstexte. Herausgegeben von Michael Klaus. st 855
Neumeister, Andreas: Äpfel vom Baum im Kies. st 1748
Nizon, Paul: Im Bauch des Wals. Caprichos. st 1900
Nossack, Hans Erich: Der Fall d'Arthez. Roman. st 1963
Pakleppa, Fabienne: Die Himmelsjäger. Roman. st 2214
Penzoldt, Ernst: Die Powenzbande. Zoologie einer Familie. st 372
Plenzdorf, Ulrich: Legende vom Glück ohne Ende. st 722
– Die neuen Leiden des jungen W. st 300
Praetorius, Friedrich-Karl: Reisebuch für den Menschenfeind. Die Freuden der Misanthropie. Erstausgabe. st 2203
Rakusa, Ilma: Die Insel. Erzählung. st 1964
Reinshagen, Gerlind: Sonntagskinder. st 759
Rothmann, Ralf: Stier. Roman. st 2255
– Der Windfisch. Erzählung. st 1816
Schindel, Robert: Gebürtig. Roman. st 2273
Schleef, Einar: Gertrud. st 942
Späth, Gerold: Barbarswila. Roman. st 1960
– Stilles Gelände am See. Roman. st 2289
Tergit, Gabriele: Atem einer anderen Welt. Berliner Reportagen. Herausgegeben und mit einem Nachwort versehen von Jens Brüning. Erstausgabe. st 2280
Unseld, Siegfried: Der Autor und sein Verleger. st 1204
– Begegnungen mit Hermann Hesse. st 218
Waggerl, Karl Heinrich: Das Jahr des Herrn. Roman. st 836
Walser, Martin: Die Anselm Kristlein Trilogie. Halbzeit. Das Einhorn. Der Sturz. 3 Bände in Kassette. st 684
– Brandung. Roman. st 1374
– Dorle und Wolf. Eine Novelle. st 1700
– Ehen in Philippsburg. Roman. st 1209

253/6/11.93

Deutschsprachige Literatur in den suhrkamp taschenbüchern: Prosa

Walser, Martin: Ein fliehendes Pferd. Novelle. st 600
– Ein Flugzeug über dem Haus. Und andere Geschichten. st 612
– Jagd. Roman. st 1785
– Seelenarbeit. Roman. st 901
– Die Verteidigung der Kindheit. Roman. st 2252
Walser, Robert: Aufsätze. st 1103
– Fritz Kochers Aufsätze. st 1101
– Der Gehülfe. Roman. st 1110
– Geschichten. st 1102
– Geschwister Tanner. Roman. st 1109
– Jakob von Gunten. Ein Tagebuch. st 1111
– Seeland. st 1107
– Der Spaziergang. Prosastücke und kleine Prosa. st 1105
– Der Räuber. Roman. Das Nachwort schrieb Martin Jürgens. st 1112
Weiß, Ernst: Georg Letham. Arzt und Mörder. Roman. st 793
– Männer in der Nacht. Roman. st 791
– Nahar. Roman. st 788
– Der Verführer. Roman. st 796
Weiss, Peter: Das Duell. Aus dem Schwedischen von J. C. Görsch in Zusammenarbeit mit dem Autor. Mit 10 Federzeichnungen von Peter Weiss. st 41
Winkler, Josef: Der Ackermann aus Kärnten. Roman. st 1043
– Friedhof der bitteren Orangen. Roman. st 2171
– Menschenkind. Roman. st 1042
Zeemann, Dorothea: Einübung in Katastrophen. Leben zwischen 1913 und 1945. st 565
– Jungfrau und Reptil. Leben zwischen 1945 und 1972. st 776
– Eine unsympathische Frau. Erzählungen. st 2224
Zweig, Stefan: Brasilien. Ein Land der Zukunft. st 984

253/7/11.93